学馆【双色版】

奇趣楹联

冯慧娟◎编

辽宁美术出版社

图书在版编目（CIP）数据

奇趣楹联 / 冯慧娟编 . — 沈阳：辽宁美术出版社，
2019.6

（众阅国学馆）

ISBN 978-7-5314-8368-7

Ⅰ.①奇… Ⅱ.①冯… Ⅲ.①对联—作品集—中国
Ⅳ.① I269

中国版本图书馆 CIP 数据核字 (2019) 第 117909 号

出 版 社：辽宁美术出版社
地　　　址：沈阳市和平区民族北街 29 号　邮编：110001
发 行 者：辽宁美术出版社
印 刷 者：三河市燕春印务有限公司
开　　　本：130mm×185mm 1/32
印　　　张：5
字　　　数：94 千字
出版时间：2019 年 6 月第 1 版
印刷时间：2019 年 6 月第 1 次印刷
责任编辑：李欣阳
装帧设计：新华智品
责任校对：郝　刚
ISBN 978-7-5314-8368-7

定　　价：25.00 元

邮购部电话：024-83833008
E-mail：lnmscbs@163.com
http://www.lnmscbs.com
图书如有印装质量问题请与出版部联系调换
出版部电话：024-23835227

奇趣楹联

楹联又称"对联""联语""对子""楹贴"等。它是我国汉语言文学所独具的一种文学艺术形式，迄今已有千余年的历史，并以其别致的形式和广泛的用途成为中国文化史上的一朵奇葩。

早在秦汉以前，我国民间就有新年来临时在大门左右悬挂偶门神的习俗。但是，这种桃偶弄起来很费事，于是桃偶演变为"桃符板"，简称"桃符"。这种桃符是用桃木制的两块对称的板，人们在上面分别写上传说中除鬼大神"神荼"和"郁垒"的名字，用以驱鬼压邪、祈求福祉。这种习俗延续了一千多年。五代时期，人们开始把联语题在桃木板上代替降鬼大神的名字。相传五代时蜀主孟昶的题桃符联句"新年纳余庆，佳节号长春"是我国最早的楹联。

宋代以后，民间新年贴春联已经相当普遍了，文人间也多唱和联对以逞才情。文学大家苏东坡和黄庭坚也都擅写楹联，而楹联背后的小故事如今也都传为佳话。

到了明代，明太祖朱元璋非常喜欢楹联艺术，号称"对联天子"。据说他曾命大臣、官员和老百姓必须在除夕前拟一副对联贴在门上，他还亲自出巡，挨家挨户观赏。自此，上自达官显贵、文人骚客，下至平民百姓皆好联语，写对联几乎成了一种社会风尚。

入清以后，乾隆、嘉庆、道光三朝，楹联艺术如盛唐的律诗一样兴盛，甚至在科举考试中也有了对联的题目。因此读书之人莫不精研对工，涌现出了郑板桥、纪晓岚、蒲松龄等一批楹联高手，奇联、妙联不胜枚举。

本书以楹联的知识性、趣味性、实用性三方面为着眼点精心编排。在第一部分的"话说楹联"中，从起源、赏析、创作对联的基本方法等方面对楹联进行了详尽的介绍；第二部分的"中华经典智趣名联"则通过介绍各种妙联、趣联的来龙去脉及楹联背后的故事，把这些广为传颂的对联分门别类地展示出来，方便读者查找和欣赏。

目录

奇趣楹联

〇〇一

目录

奇趣楹联

话说楹联

什么是楹联

楹联，俗称"对联""对子"，又名"联语"，是由两串等长、成文和互相对仗的汉字序列组成的独立文体，用汉字书写（后来发展到也可用其他少数民族文字书写），悬挂或张贴在壁间柱上的两条长幅，长幅必须成对称形式，悬挂在相对的位置上，上联在右，下联在左。通俗地说，上下联字数不限，但两联字数必须相等；联文是有意义的，或可以理解的；平仄要合律，对仗要工整；楹联是独立存在的文体，不是其他文体的一部分——凡符合这些条件的就是楹联，否则就不能称其为楹联。

楹联的起源

楹联这一文体，在中国几千年文明史的长河中，和其他文学形式一样，历史悠久，源远流长。究其初始，众说纷纭，尚无定论，较为大多数人接受的观点是：先有了先秦时期的桃符，而后五代时从桃符演变成春联，并逐步发展至成熟的艺术表现形式。

关于桃符，传说在东海度朔山上有一棵大桃树，树干弯曲伸展，长达三千里，叉枝又一直伸向东北方的鬼门。鬼门下的山洞里住了很多的鬼怪，这些鬼怪归神荼和郁垒两兄弟管辖，他们专门抓那些出去害人的鬼怪喂老虎。从先秦起，每次到了年终，百姓们就把两位神将的图像画在桃木板上，或在桃木板上题写他们的名字，并把桃木板悬挂于大门左右，以驱鬼压邪，这种习俗持续了一千多年。

五代时，神像在桃符上消失了，联语被题于桃木板上，据说此种现象是拜孟昶所赐。后蜀广政二十七年（964），后蜀主孟昶突发奇想，下了一道命令，要群臣在"桃符板"上题写对句，以试才华。可是群臣写来写去，孟昶都不满意。于是，他亲自挥毫，在"桃符板"上写出：

新年纳余庆；佳节号长春。

从此，每逢过年，孟昶都要让臣子在桃符上书写联语，而后这一形式也慢慢传入民间。据《宋史·蜀世家》记载，五代十国后蜀主孟昶"每岁除，命学士为词，题桃符，置寝门左右"。换句话说，春联是楹联中出现最早的、应用范围最广的一种类型。

楹联的发展

楹联的成熟年代应为隋唐。隋唐时，一些文人墨客喜欢将一些精彩之笔凝注于对句上，一时形成"摘句欣赏评品"的时风，在诗人们的参与下，楹联艺术得到了弘扬。

宋代以后，民间新年悬挂春联已经相当普遍。由于受诗词的影响，楹联在对仗方面前进了一大步，从陆游为自己的书房题联"万卷古今消永日，一窗昏晓送流年"之工整可见一斑。宋代题联的范围也有所扩展，楹联已普遍成为名胜古迹、寺庙廊院等处不可缺少的装饰品。

元代时，由于种种原因，楹联较之前朝代显得冷落了些，流传下来的也少。楹联真正达到鼎盛时期在明清两代。明清统治阶级对骈文和楹联非常赏识，还将其列入科举考试之中，因此楹风极盛。

明代，桃符改称"春联"。明代陈云瞻《簪云楼杂说》中载："春联之设，自明孝陵昉也。时太祖都金陵，于除夕忽传旨，公卿士庶，门上须加春联一副。"明太祖朱元璋为庆贺立业之喜，命公卿士庶家在过年时须加春联一副。一夜之间，朱元璋便把春联从宫廷豪门推广到百姓万家。他本人还写了一副楹联送给将军徐达："破虏平蛮，功贯古今人第一；出将入相，才兼文武世无双。"因为有了皇帝的提倡，此后过年贴春联便沿袭成俗，一直流传至今。

清代是楹联的繁荣期，不论在内容的开拓还是在艺术的成熟上，都是前所未有的，更出现了不少脍炙人口的名联佳对。如揭示人生哲理的"读书好，耕田好，学好便好；创业难，守成难，知难不难"；反对帝国主义的"琵琶琴瑟八大王，王王在上；魑魅魍魉四小鬼，鬼鬼犯边"等。在清朝还出现了楹联分类著作，如梁章钜父子的《楹联丛话》。

千百年来，从封建帝王的金銮殿到庶民百姓的茅草屋，从达官贵人的朱门到市井贫家的白屋，从楼堂亭榭到小摊茅店，乃至从本土的道教、儒教庙观到外来的佛教、基督教的寺宇，都能看到楹联文化的印记。从汉族到少数民族，从沿海内陆到北漠南疆，从名胜古迹到民俗农户，从戏曲舞台到文学作品，从文人的书房以及文具到工棚、农具以及工匠用具，从供神到敬人，从言谈到楹柱，从古到今，地球上凡有华人的地方几乎都有楹联的踪迹和影响，在越南、朝鲜、日本、新加坡等国至今还保留着贴楹联的风俗。

❶ 楹联的术语

楹联 俗称对联、对子，由于联语通常写在楹柱上，所以有"楹联"之称。后来楹联通常用来泛指对联。

上联 楹联的前半部分。一副楹联由两个字数相等的部分组成，古人称先为上，故先书的部分为上联。上联一般以仄声字结尾（亦有用平声字者，但极少）。其张贴、悬挂、镌刻的位置，应在读者面对方向的右侧。上联又称出句、上支、上比、对公、对头、上句等。

出句 （1）又叫"出对"，一般指上联，是先出而令人后对的句子，多用于应对。（2）根据收尾字平仄声判断，也有的出句为下联，如出句"三光日月星"，平声尾，应是下联。

下联 楹联的后半部分。一副楹联由两个字数相等的部分组成，古人称后为下，故后书的部分为下联。下联一般以平声字结尾。其张贴、悬挂、镌刻的位置，应在读者面对方向的左侧。下联又称对句、下支、下比、对母、对尾等。

对对 （1）后对的半副楹联。为应对中常用语。多为下联，个别为上联。（2）对成句子之意，前一"对"字为动词，组成动宾结构的词组。

全联 完整的一副楹联，也就是说既有上联也有下联。

半联 半副楹联，指只有上联或只有下联。产生半联的原因：一是历史久远，其中的半副联实物下落不明，而又不见原文记载；二是本身不容易对得上对句，从而形成所谓的"绝对"。历史上有些绝对至今尚未有好的对句。

单联 （1）半联（上联，或下联）。（2）与套联相对，称一副联为单联。常江《中国楹联谭概》："上联（出句）、下联（对句）合为一联，表述一个完整的意思，可称之'单联'。"

套联 由两副以上楹联构成的内容相关、字数相等、同时用于同地的一组楹联。

支 一源分流曰支。对联分为两支，上联称上支，下联称下支。

副 量词单位，楹联以副计量，上下联（全联）合称"一副楹联"。

言 楹联以上联（或下联）的字数计算，几个字则为几言。如"浮舟沧海，立马昆仑"为四言，"荷尽已无擎雨盖，菊残犹有傲霜枝"为七言。

扁 通"匾"，同"额"，常连用称"匾额"。

颜 即题匾额处，门楣。

额 悬于门屏之上的牌匾。

幛 用于喜庆、哀挽等场合的交际礼品，有喜幛、寿幛（祭幛、祭轴）等。一般是整幅的丝绵织品，上面题缀文字，并不要求与联相配。

横批 长条形的横幅书画，其轴在左右两端，相当于横额，常与春联配合使用，多为纸制，亦称横幅、横头。

虚额 不直书地名，或用典，或拟景，更具文采的横额，如"仙人旧馆"。

实额 直书该处地名、店名的横额，如"黄鹤楼""同仁堂"。

成联 由一个作者创作的上下联称为"成联"或"自撰联"。

句脚 又称"联脚"，多分句组成的楹联中，每一分句的尾字称为"句脚"，最后一个分句的尾字称为"联脚"。上下联各有一句的楹联，尾字一般称为联脚。

❷楹联的常见形式

正对 楹联中最常见的形式。上下联各写一事，各自具有一个完整的意思，但两者又和谐地统一在一个意境之中。也就是说上下联呈并列关系，内容相关，联内所用字词工整相对，但是内容不可以完全相同，同义的实词不可相对。

反对 上下两联一正一反，呈转折关系，意思相互映衬，意思相反。联中所用的词语也多是反义，要把主题表现得更为深刻、鲜明。

串对 又称"流水对"，就是一个意思分两句来说，上下联内容顺承，下联是上联意思的沿续和补充，同时深化上联所要表现的主题，上下联独立起来都没有意义或意义不全。上下联一般都有因果、连贯、条件、假设等关系。

工对 又叫"严对"，它要求以同类的名词相对，类别越精细，联则越工整。凡以同类词、近类词或词性相同的连绵词相对的，都叫工对。工对在古时候要求非常严格，现代有所放宽。

宽对 和工对相对。在用词上不苛求小类和平仄相对，只需大类相对，句式结构大致相应即可。宽对也不是无限宽，至少要做到上下联句子句读相同，字数相等，语意流畅。

回文对 回文又称"回环"，是讲究词序可回环往复的一种修辞方法，以趣味性为重。回文联有三种不同的写法：一是上联可倒转作下联，如"人过大佛寺，寺佛大过人"；二是上下联顺逆一致，如"北陵奇景奇陵北，南塔新奇新塔南"；三是上下联颠倒互换法，如"禽鸣听耳悦，鲤跃视神怡"可读为"怡神视跃鲤，悦耳听鸣禽"。

❸ 楹联的常用辞格

拆合格

利用汉字偏旁的拆分和组合来构成楹联，例如：

古木枯，此木成柴；女子好，少女尤妙。

镶名格

楹联中巧妙镶入人名（嵌人名需嵌名人，不能随手编人名来对句）或地名或事物名，又叫"嵌名格"，例如：

两舟并进，橹速（鲁肃）不如帆快（樊哙）；八音齐奏，笛清（狄青）难比箫和（萧何）。

急转格

楹联的上下半联中间各自的意思向反面突然转变。例如：

爱民若子，金子银子皆吾子也；执法如山，钱山靠山岂非山乎？

回文格

楹联的上下联各自倒读和顺读完全一样，例如：

客上天然居，居然天上客（乾隆出）；人过大佛寺，寺佛大过人（纪晓岚对）。

拟人格

利用拟人手法构成的楹联，例如：

鸦叫鹊鸣，并立枝头谈风雨；燕来雁往，相逢路上话春秋。

反诘格

利用反问形成楹联，例如：

经忏可超生，难道阎罗怕和尚？金钱能赎罪，居然菩萨是赃官？

楹联的分类

❶按修辞

叠字联 同一个字连续出现。

复字联 同一个字非连续重复出现。

顶真联 前一个分句的句脚字作为后一个分句的句头字。

嵌字嵌名联 联中嵌入序数、方位、节气、年号、姓氏、人名、地名、物名等。

拆字联 拆字、合字、析字等。

音韵联 包括同音异字、同字异音和叠韵等。

❷按使用场合

春联、喜联、寿联、挽联、装饰联、行业联、交际联、宅第联、胜迹庙堂联和杂联（包括谐趣联）等。

❸从趣味角度

无情对、玻璃对、回文对、药名对、谜语对、集句对等。

楹联的讲究

楹联句式不一，形式多样，但不管何类楹联，使用何种形式，传统意义上的楹联必须具备以下特点：

❶要字数相等，节奏一致

上下两个长条幅，合成一副联，称为上联、下联，除有意空出某字的位置以达到某种效果外，上下联字数必须相同，不多不少。至于各联本身的字数则没有定规，常用楹联，上下联一般各在四个汉字到二十几个汉字左右。另外，上下联相对应的句子节奏点必须互相一致，如上联第一句是五言，节奏点是"二、二、一"，那下联第一句也应该是五言，节奏点也应是"二、二、一"，如此类推。

❷要平仄相合，音调和谐 ·····························

古代汉语单调分为"平上去入"四调，"平"声为"平"，"上""去""入"声为"仄"。现代汉语没有"入"声，"平"声分为"阴平"和"阳平"，"上"和"去"为"仄"。汉语的音调全靠平仄相间来调动，才能变得抑扬顿挫，婉转动听；而一副楹联必须平仄相对，吟诵起来才有音律美。传统习惯是"仄起平落"，即上联末句尾字用仄声，下联末句尾字用平声。

❸要词性相对，句式相同 ·····························

所谓词性相对，即"虚词对虚词，实词对实词"，就是名词对名词，动词对动词，形容词对形容词，数量词对数量词，副词对副词。这些相对的词必须在相同的位置上，使句式相同。

❹要内容相关，上下衔接 ·····························

楹联的两段文字在内容上也必须互相关联，存在一定的逻辑关系。

楹联背后的文字奥妙

楹联是汉语文字学、音韵学、修辞学等语言学科的综合实用性产品，具有形式对称、内容相关、文字精练、节奏鲜明的独特之处，有人将其称为楹联四美，即建筑美、对称美、语言美和节律美。同样，欣赏方法也不离其宗：

❶看形式是否对称

对称是楹联的基本要求。对称，指上下联句的对仗形式，也称对偶形式。对仗，是中国古典文学的一项重要的修辞方法，是楹联的魅力和生命之所在。古代宫中卫队行列，卫士们两两相对，整齐排列，故称对仗。对仗作为一种修辞方式运用到汉语文字艺术中，即比喻用平行的两句话，成双成对地排列，表达相关或相反的关系。楹联中的对仗，是在楹联的出句和对句中把同类的概念或相对的概念放在相对应的位置上，使之并列起来，形成联句的对称美。在楹联中，对仗方式尤为重要，它是楹联艺术的精髓所在。

❷看内容是否相关

楹联，之所以称其为楹联，不但在其中需要对仗，重要的还在于一个"联"字，楹联不联则不能称其为楹联。楹联的联系形式多种多样。有的楹联不但内容相关，而且在形式上也做到相互关联。有的楹联虽然不用关联词，但可以使人们清楚地看出它表示的因果关系，如雁门关联："莫愁前路无知己；西出阳关多故人。"

❸看文字是否精练

楹联千年不衰的一个很重要的原因就是它文字精练，表现力强，便于传播，并且对仗精巧，朗朗上口。作者将楹联句进行高度的浓缩和提炼，使其成为比赋、骈文更精练、比诗、词、曲更灵活的特殊文体。做好一副奇绝楹联，其难度不比写一首诗来得容易。

❹看节奏是否鲜明

楹联的节奏是比较灵活的，但它并不是无规律可循。所谓的节奏灵活，是说它没有固定的程式，在长联中只要做到大概的平仄交错就可以了，因为节奏与平仄是同气相连的两个方面。至于七言以下的短联，因字数少，要求须严格些。但无论如何，在不因辞害义的前提下，上联尾字须是仄声，下联尾字须是平声。

楹联的应用

楹联是一门雅俗共赏的艺术，有着极其强大的生命力和独特的实用价值。

❶装饰环境

装饰环境是楹联的自身特征，不管是过去的桃符，还是现在的纸联，虽内容不同，但包藏着一种对称之美，正迎合了中国人的审美观点。曹雪芹在《红楼梦》第十七回中曾借贾政之口说道："偌大景致，若干亭榭，无字标题，也觉寥落无趣，任有花柳山水，也断不能生色。"

❷祈祥祝福

祈祝吉祥是楹联这一文体的内核，古有桃符驱逐鬼邪，后有春联庆贺新年，宋代以后的人们还逐渐有了写寿联的习惯。所以，我们在作联时，必须注意楹联能传达喜悦、吉祥的效果，要根据实际内容撰写不同层次的充满吉祥意味的楹联。

❸陶冶情操

历代文人，多借用诗歌、散文等一些手段，或直抒胸襟，或隐寓文心，或借古喻今，或托物抒怀，以发天地人之感慨，真善美之心声。自从楹联问世，中国的文人们庆幸找到了一种简捷精练的文学形式，写出了大量修身、养性、咏物、言志、治学的佳作诗对。

❹ 传递感情

楹联还是人们传递感情、增进友谊的绝好媒介。综观楹坛，许多高手、名人留下了许多的题赠佳品，或互相勉励，或寄托情思，或抒发心志，或言明事理，或表示对对方的景仰、思慕之情。请看鲁迅赠瞿秋白的一副联："人生得一知己足矣；斯世当以同怀视之。"

❺ 启迪世人

许多名人志士都以联警世，教诲并鞭策同仁、同辈和亲朋好友，给人以鼓舞和勉励，传为美谈。比如孙中山先生说过的一句话："革命尚未成功，同志仍须努力。"被后人以楹联的形式在重要场合广泛张贴、宣传，旨在号召人们继承孙中山的遗志，完成其未竟之事业，起到了教育鼓舞人的作用。

❻ 鞭挞邪恶

以联语鞭挞邪恶，针砭时弊，古今皆有之。此类联语多采用诙谐、嘲讽、戏谑的手法，或直来直去，或以物喻人，或以典喻今，或一语双关，或嵌字拆字，或谐音隐语。大则嘲讽时政，小则劝友去疵，不一而足。

❼广告宣传

利用楹联进行广告宣传，招徕生意，古已有之，其中最典型的莫过于各行各业的行业联了，因一副好的店联而生意大盛的事情在古籍中时可见之。当今山东鱼台孔府宴酒的一副楹联，通过电视媒体传遍神州大地，可说是妇孺皆知，联曰："喝孔府宴酒，做天下文章。"

❽征答交际

应答联作为楹坛家族中的重要成员，亦是自古就有。它与诗歌答对一样，引发许多文人墨客的高度兴趣。好友相聚，酒酣耳热之际，一问一答可增人兴致；寻胜探幽，心旷神怡之时，一出一对可添无限乐趣。朋友答对可见其情操，小儿应对可见其智慧，知己答对可增进友情，陌生人答对可借此相识。

如何创作楹联

❶读几本启蒙的讲授楹联的专业书籍

讲授楹联的书籍有多种，时人常见、常用的主要有《声律启蒙》《笠翁对韵》（笠翁，即李渔，清初著名戏曲小说家），还有《声律发蒙》《对属发蒙》《对类》等。这类书籍大致上都是从少到多，由浅入深、从一个字对一个字的对子开始，发展到十多个字的对句为止。前人（特别是明清两代）讲授楹联时也用这种书籍启蒙。建议初学写楹联的人从这里入手，一则看看现成的对子是什么样的，二来还可扩大自己的楹联词汇。

❷找现成的词语做简单的对对子练习

初学写楹联的人，常常感到自己掌握的词汇十分有限，建议大家不妨先做一些简单的对对子练习。前人总结的、常用而有效的对对子的方式主要有以下几种：

人名对

人名对在楹联之中，相对的两个人名，可以是以名对字，以名对官衔、封爵、谥号等均可，甚至有时把人名、封号等去掉一两个字，只要达到平仄调谐就行。如：胡适之对孙行者。人名对中较著名的还有：蔺相如、司马相如、名相如、实不相如；魏无忌、长孙无忌、尔无忌、我亦无忌。

地名对

可以从书籍中、地图中寻找配对。如找北京地名配对：北海对西山，磨盘大院对烟袋斜街，东棋盘街西棋盘街对南芦草园北芦草园，等等。还有用地名对人名的，如：陶然亭对张之洞。

物名对

花卉名，如：帝女合欢，水仙含笑；牵牛迎辇，翠雀凌霄。

动物名，如：鹦哥观晴空素云雪雁；善姐赏绿池莲花鸳鸯。此联中"鹦哥、雪雁、鸳鸯"既是动物，也是名著《红楼梦》中的人物。

书名对

如：《呐喊》对《彷徨》，《伪自由书》对《准风月谈》，《朝花夕拾》对《故事新编》，等等。清代沈起凤著《谐铎》，书中各则题目均两两相对，如：狐媚对虎痴，梦中梦对身外身，奇女雪怨对达士报恩，菜花三娘子对草鞋四相公，等等。

戏剧名对

如：《乌龙院》对《白虎堂》，《三气周瑜》对《七擒孟获》，等等。

电影名对

如：《车轮滚滚》对《春雨潇潇》，《试航》对《创业》。较著名的集电影名的楹联是：《马兰花》《苦菜花》《白莲花》《蒙根花》《五朵金花》《战地黄花》《生活的浪花》《繁花似锦》；《雁荡山》《杜鹃山》《六盘山》《火焰山》《雪海银山》《万水千山》《沸腾的群山》《江山多娇》。

成语、俗语对

《巧对录》等书籍中录有此种对子，例如：瓜熟蒂落对藕断丝连，隔靴搔痒对画饼充饥，守株待兔对打草惊蛇，风吹草动对日晒雨淋，靠山吃山靠水吃水对种豆得豆种瓜得瓜，等等。

做好了充分的准备，就可以进入简单创作阶段了，主要有以下四步：

一、确定主题

主题是一切艺术创作的核心，因此在楹联创作之初，先要确定楹联的中心思想，即确定楹联所要表达的感情，或所要描述的事物，或所要说明的哲理等。

二、选择方式

按楹联的形式分类选择自己喜欢的创作方式。

三、组织文字

（1）对仗。对仗是楹联的基本特征。对仗的要点是词类要相同，义类要相对。义类，指"以类相从"，如"庄生晓梦迷蝴蝶，望帝春心托杜鹃"。"庄生"对"望帝"，属专有人名相对；"晓"对"春"，属时令相对；"梦"对"心"，属名词中人事对形体（称为邻对）；"迷"对"托"，属动词对动词；"蝴蝶"对"杜鹃"，属动物对动物。

（2）炼字。初学对句，词汇量是根本，道理和英文的单词一样，少词则难造句，更难成文。一副楹联一共没多少字，炼字是很重要的。

联句中最重要的一个字就是谓语的中心词（称为"谓词"）。把这个中心词炼好了，诗句当然就因之生动、形象，正所谓一字千金。谓语中心词，一般是由动词充当，因此，炼字往往也就是炼动词，王维的《观猎》："草枯鹰眼疾，雪尽马蹄轻。"其中"枯""疾""尽"与"轻"即是炼字之功。

　　炼字还必须结合生活体验，才能使联句既简练，又合理。这就要利用夸张、比拟等修辞手法，但必须做到贴切、自然、有的放矢。如一洗澡堂联："到此皆洁身之士，相对乃忘形之交。"

　　（3）造句。楹联的基本要求是连贯、周密、简练、生动。其实，它的要求和我们上小学、初中时的造句、改病句的要求是一样的。出句不要直接以文言文来思维，先把脑子里白话文的句意演绎到无可挑剔了，再斟酌推敲转换成文言文句子。

四、调整平仄

　　平仄，即声律。现代汉语与古代汉语平仄音律有了不小的变化，在区分平仄时，可以按照普通话读音前两声为平、后两声为仄，也可以按照古代的平水韵分类标准，也可以这两种混杂着用。

　　一副楹联中，不是全联所有的字都讲究平仄声律，只是每个词的尾字，即单字词的，要讲；两字词的，只讲后一个；三字词的，也只讲最后一个字；四字以上词的按一或两词等组合算。

　　在此基础上，上联最后一个字（联脚）应当是仄声；下联则要求平声收尾。最末三个字，应尽可能避免都是平声或都是仄声。尽可能避免只有一个平声字，或只有一个仄声字。

　　※口诀：一联之内，平仄相间；两联之间，平仄相对；上联仄尾，下联平尾。

中华经典智趣名联

谐趣讽刺联

在中国的文字世界里，谐趣联和讽刺联有着相当重要的地位。讽刺联之出现皆因中国文人素来每遇不平之事则会以文字作为宣泄之途径，而楹联结构工整读起来朗朗上口使之成为最佳之文字宣泄途径。谐趣讽刺更多有穿插或延伸，细细品来，或笑或悟，或醒或痴。

父进士，子进士，父子同进士
婆夫人，媳夫人，婆媳皆夫人

有一个财主，平时为恶乡里。某年，父子俩花钱各捐了一个进士，心中十分得意，大年三十，在门前贴出此联，耀威乡邻。村里有个秀才王某，读罢在楹联上寥添数笔，其联顿成：父进土，子进土，父子同进土；婆失夫，媳失夫，婆媳皆失夫。财主见了又羞又怒，只得把楹联撕去。

墙上芦苇，头重脚轻根底浅
山间竹笋，嘴尖皮厚腹中空

明朝有个锦衣卫叫纪纲，不学无术、骄悍跋扈，却硬要假充风雅，胡诌楹联，引得刚正耿直的解缙不满，于是他给纪纲出了上联，纪纲想了半天始终续不了下联。解缙便笑道："我看大人是懒得对，我还是来续下联吧。"接着就把下联念出来了。话音一落，顿时满堂哄笑。

油醮蜡烛，烛内有心，心中有火
纸糊灯笼，笼边多眼，眼里无珠

清朝有一个举人，专好抄袭别人的诗作。一次被十一岁的魏源揭了老底，举人恼羞成怒，便想借题发挥，加以报复。他指着灯笼里的蜡烛，出了上联，魏源随即对出下联。举人挨了骂，不肯罢休，又气冲冲地说："屑小欺大乃谓尖。"魏源又立即回敬道："愚犬称王即是狂。"最后，这个无能的举人面红耳赤，狼狈不堪。

手执夏扇，身着冬衣，不识春秋
口食南禄，心怀北阙，少样东西

据说明天历年间，太监孙隆任苏州提督织造时颇为骄横。一天，一位穷儒生不慎跌倒，挡住了孙隆的仪仗，当即被押下。一番审讯后，孙隆知其为一介生员，便突发奇想，出了上联让穷儒生来对，扬言若不能对则定不轻饶。哪知穷儒生稍加思索，即出下联。孙隆的上联是说穷儒生穿戴不合时宜，这分明是"不识春秋"，而且"春秋"一语双关，又指《吕氏春秋》；穷儒的下联说孙隆享受的是南国俸禄，心中所思念的却是北方的皇上，联中没有"东西"两个方向，而且"东西"二字还抓住了太监的特点，一语双关，别有寓意。

未离乳臭先排汗
将到长毛又剪清

1909年，年仅两岁的宣统帝登基。著名革命党人朱执信在《中国日报》上出联征对，"未离乳臭"，暗指年幼的宣统帝，"排汗"，谐音"排汉"，讽刺清朝统治者。出句引起强烈反响，海内外应征者达十万之众，最后，香港人刘一伟以此下联获选。"长毛"，旧指太平军，又可指长出汗毛。"剪清"，字面上是剪除长长的汗毛，又谐音推翻满清统治。

王老者一身土气

朱先生半截牛形

相传某地有个王老头很会作楹联，附近一位朱秀才见他普普通通的样子，颇有些不以为然。一日，秀才登门便言上联，因"王""老""者"三字，均含有土字在内，故以"一身土气"讽之。王老头当然不甘示弱，立即对出下联，因"朱""先""生"三字都含有牛字在内，且都在上部，故以"半截牛形"相讥。

袖里笼花，小子暗藏春色

堂前悬镜，大人明察秋毫

相传明朝时，幼年的解缙在院子里玩，见桃花盛开，便折了一枝。刚从树上爬下来，父亲就带着朋友进院了，解缙赶紧把花藏在衣袖中。父亲发现了，吟出上联，解缙很聪明，当场对出下联。

只准州官放火

不许百姓点灯

宋朝年间，某地新来了一个州官，名田登，最忌别人直呼其名。州民为避其名讳，只好把"点灯"说成"放火"。元宵节来临，田登布告曰："本州依例放火三日。"后来有人把此事撰成楹联，流传至今。

天增日月人增寿
春满乾坤福满门

有一个地主为母亲祝寿，大摆宴席，悬灯结彩。为增加气氛，他叫账房先生将常见的"天增日月人增寿，春满乾坤福满门"写在大红条幅上，说要贴于大门两边。账房先生正要落笔，地主忽然想起，这是为老母祝寿，应该改得切题才好，于是他让账房先生把上联改"人"为"娘"。哪知账房先生为求楹联工整，又把下联改"福"为"爹"，最后这副楹联就变成了"天增日月娘增寿，春满乾坤爹满门"。

礼记一书无母狗
春秋三传有公羊

清初，苏州进士韩菼尚为秀才时曾在某富家私塾教书，这家的主人自以为很有才学，经常替韩上课以炫耀自己的学问。有一天，他教学生读《礼记》中的《曲礼》一篇，竟将"临财毋苟得"，读成"临财母狗得"。此时，一位饱学之士由此经过，错认为是韩念的，觉得好笑，因此在窗外高声出对，将错就错地将"母狗"直接替代了"毋苟"（飞白法）。韩慕庐一听，知道是冲他来的，于是立即应声答出下联,以"公羊"对"母狗"(公羊是复姓,即指给《春秋》做注释的作者之一公羊高,另二位先生是左丘明、谷梁赤;三传是指《左传》《梁传》《公羊传》),妙语惊人。那学士听后,方知此先生不是凡俗之辈,于是登门求见。二人见面一谈,才知念"母狗"者不是韩先生。

双手劈开生死路
一刀割断是非根

明太祖朱元璋过年时不仅亲自微服出城,观赏笑乐,还亲自题写春联。他经过一户人家,见门上不曾贴春联,便去询问,原来这是一家阉猪的,暂时无人能题出联语。朱元璋一时兴起,当场为那阉猪人写了这副春联,联意奇巧贴切、幽默不俗。

细羽家禽砖后死
粗毛野兽石先生

《中国古今奇联鉴赏》中有这样一个故事:清朝蒲松龄(《纪晓岚全传》说是纪晓岚)幼年在私塾读书时,某日和小伙伴们捉来麻雀藏在教室砖缝中,先生姓石,为人严厉,当下把麻雀用砖块挤死,并出上联"细羽家禽砖后死"要学生对。蒲松龄故意装作初学状,按字面意思,一字一对,"细"对"粗","羽"对"毛","家禽"对"野兽","砖"对"石","后"对"先","死"对"生",字字工整之至,石先生把这些字连起来一念,又气又怒,学生们则哄堂大笑。

持三字帖，见一品官，儒生妄敢称兄弟
行千里路，读万卷书，布衣亦可傲王侯

《中国楹联大观》有这样一段故事：孙中山留学归国途经武昌时，闻湖广总督张之洞办洋务兴实业，十分仰慕，欲与一见，便投名片曰："学者孙文求见之洞兄。"张之洞当时不把一般人放在眼里，见有无名学者跟自己称兄弟，便在纸条上写出上联，让门官交孙中山。孙中山旋即写出下联传进去，张之洞见了，暗暗称奇，立即下令大开中门，迎接这位资质不凡的读书人。

竹本无心，偏生许多枝节
梅虽有蕊，不染半点风尘

从前，有一位年轻的梅姓寡妇，带儿子独自生活。儿子长到七岁，要给儿子请一位塾师，梅氏为了试探塾师的水平，便出上联"弯腰桃花倒开花，蜜蜂仰采"，后来有一位姓朱的中年男子对出下联"低头莲蓬偏结子，鹭鸶斜观"，为此，梅氏当即聘他为儿子的老师。梅氏平时在生活上很关照他，时间一长，便传出了一些二人的闲话，梅氏家族为此告到官府，说是梅氏与朱先生私通。县官是一个开通的人，他见二人一身正气，端庄忠厚，估计不会做出这种事来。当问及当初聘塾师的经过后，县官说："你们二人既然都会对对子，就一人写半句联作为答辩状吧。"朱先生乃写上

联"竹本无心，偏生许多枝节"，梅氏看了上联，挥笔写道
"梅虽有蕊，不染半点风尘"。通看全联，是一篇很好的答
辩状，上联嵌竹（与朱谐音），下联嵌梅，等于二人同时签
上姓名。另一说，"竹本无心"句下联对"藕实有缝，内
无半点灰尘"。

榨响如雷，惊动满天星斗
油光似月，照亮万里乾坤

清朝人陶澍从小才智过人，十岁时，乡上油榨作坊开
业，店主想写一幅大红楹联志庆，连请几位秀才作联，店主
都不满意，陶澍毛遂自荐，一挥而就。此联气势宏伟，且嵌
"榨油"二字，可谓珠联璧合的妙联。

昨日偷桃钻狗洞，不知是谁
他年攀桂步蟾宫，必定有我

郭沫若小时候贪玩，和同学们一起逃课偷桃吃，被老
师发现。老师先严肃地训斥了逃课的学生，然后说："我出
一上联，谁能对出下联，可以免罚。"老师在黑板上写出上
联，郭沫若马上走到黑板前写出了下联。老师看了很满意，
没有处罚他。"攀桂""步蟾宫"均为飞黄腾达之意。

君恩似海（矣）
臣节如山（乎）

此联原为"君恩似海，臣节如山"，为明末陕西总
督洪承畴的门联，是一副表白自己、歌颂皇恩的楹联。洪

承畴后来投清卖国，遭人唾弃，便有人在原联句尾添此"矣""乎"二字，其意即大相径庭，成为一副绝妙的讽刺联。

> 山羊上山，山碰山羊角，咩
> 水牛下水，水淹水牛鼻，哞

此联为民间流传的一副象声联，对仗工整，把山羊和水牛的形态绘声绘色地表现了出来，颇为生动有趣。

> 三代夏商周
> 四诗风雅颂

北宋时，刘攽（刘贡父）才华出众，王安石有意以此联难他，然而刘稍思虑片刻便对出了下联。刘以巧取胜，别开洞天，从《诗经》中独辟蹊径。风、雅、颂为《诗经》的四个组成部分，其中雅分大雅、小雅，历史上通称为四诗。以"四诗"对"三代"，以"风雅颂"对"夏商周"，妙语惊人，被称为传世绝对。

> 孟光轧姘头，梁鸿志短
> 宋江吃败仗，吴用威消

据说此联为著名画家吴湖帆讽刺汉奸梁鸿志、吴用威所作。《后汉书·逸民传》记载了梁鸿、孟光举案齐眉的典故。三国吴用是梁山宋江的军师，足智多谋。上联"梁鸿""梁鸿志"均为人名，下联"吴用""吴用威"也均为人名。名套名，以乱读者视觉。作者将梁鸿夫妻的故事反其意而用之，意在讽梁鸿志，下联亦然。作者撰联之时乃抗战胜利、外寇投降、汉奸失势之时，以此联喻之，大快人心。

（早）行节俭事
（不）过淡泊年

古时有一王某，平日里挥霍无度，过年时缺柴少米，便在门上贴楹联"行节俭事；过淡泊年"以自我解嘲。偏有好事的邻居在上下联各添一字，王某羞愧难当，观者为之捧腹。

爱民如子
执法如山

有一贪官，为表其清白，于衙门口题此对，挂联当日，众议纷纷。夜里，有人在其联下续上二行：爱民如子，金子银子皆吾子也；执法如山，钱山靠山其为山乎。

早死一时天有眼
再留三日地无皮

古时有一李某为官，不思为民谋富，反而巧立名目，搜刮民脂民膏，百姓无不恨之入骨。他死后有人戏作此联，后来用以讽贪官。

花里神仙，无意偏逢蜀客
林中君子，有心来觅湘妃

明朝"吴中四才子"之一文徵明年轻时，听说杜府的小姐杜月芳貌美如花，且琴棋书画样样皆通，便心生爱慕，但又苦于无媒相助。某日，文徵明私自跳进杜家后花园，恰好遇到杜月芳。杜月芳见文徵明英俊潇洒，便没有让家人把文徵明抓起来，思虑再三，决定以对试才，出了上联，文徵明当即对出下联。后来他们几经周折，喜结连理。

莲子心中苦
梨儿腹内酸

　　该联相传为金圣叹在刑场离别子女时所作。联语表面意思是写莲心之苦、梨核之酸，实际上是以"莲"谐音"怜"和"连"，寓含"可怜""连累"之意；以"梨"谐音"离"，寓含"离别"之意，全联意为"怜子心中苦，离儿腹内酸"。准确、形象、生动地表现了父子刑场离别时的心情，确为对偶精工、文辞优美的佳联。

袁世凯千古
中国人民万岁

　　此联是上下字数不等、对仗不工整的经典名联。民国年间，袁世凯一命呜呼之后，全国人民奔走相告。四川有一位文人，声言要去北京为袁世凯送挽联。乡人听后，惊愕不解，打开他撰写好的楹联一看，有人不禁哑然失笑。文人故意问道："笑什么？"一位心直口快的小伙子说："上联的袁世凯三字，怎么能对得住下联中国人民四个字呢？"文人说："对了，袁世凯就是对不住中国人民！"

未ⅹ逢凶化
何曾起死回

　　相传有一个叫"吉生"的庸医，医术甚差，却很爱自吹，有人便在其门上贴了这副楹联予以嘲讽。在上下联镶嵌的成语中，每个成语都故意漏写了一个字，而所漏写的字合起来恰是他的名字。

月朗晴空，今夜断言无雨
风寒露冷，来晚ⅹ定成霜

　　传说有一个秀才看中了一个姑娘，因不便直接问其心声，遂出上联以试探。而这个才貌双全的姑娘早已中意这个秀才，片刻便对出下联。联语揭示二人彼此心知肚明，还约定当天晚上就见面。"成霜"谐"成双"。

南通州北通州，南北通州通南北
东当铺西当铺，东西当铺当东西

　　此联为乾隆下江南经通州时与纪昀相对而成。联句以南北东西入联，上联三出"通州"，三现"南北"；下联三出"当铺"，三现"东西"，然而联尾的"东西"二字在这里也产生了变化，从方位词变成了名词。形同而义变，情味盎然。

东启明，西长庚，南箕北斗，朕乃摘星汉
春牡丹，夏芍药，秋菊冬梅，臣是探花郎

清朝乾隆五十四年的科举考试，皇帝亲自主考，见刘凤诰其貌不扬，又是个独眼龙，心中不悦，遂自言道："独眼岂可登金榜？"刘凤诰马上对出下联道："半月依旧照乾坤。"乾隆叹绝，心生雅兴，又出此上联，刘凤诰也很快对出，"探花"一语双关。乾隆赏识刘凤诰才气，于是钦点他为探花。后世称刘凤诰为"楹联探花"。

书生脚短

天子门高

清初褚人获《坚瓠集》中有这样一个故事：明代湖广茶陵人李东阳自幼聪明过人，六岁时被明英宗召见。李东阳进宫门时，因小孩腿短迈不过门槛，英宗笑说上联，东阳当即对出下联，工整妥帖且盛赞天子，英宗当然很高兴。数年后，东阳中进士，官至吏部尚书、华盖殿大学士。

花甲重逢，增加三七岁月

古稀双庆，再多一度春秋

1785年，乾隆皇帝在乾清宫开千叟宴，赴宴者达3900多人，其中一老叟141岁，乾隆出句相贺。按古纪年法算，一个花甲为60年，花甲重逢即为120年，三七岁月即21年，正好是141岁，可以说，对句是相当难的。大学士纪昀却信手拈来对句，俗语"人生七十古来稀"，"古稀"即70岁，古稀双庆即140岁，更多一度春秋，也正好是141岁，对得堪称千古绝妙。

密云不雨旱三河，暑玉田也难丰润
怀柔有道皆遵化，知顺义便是良乡

　　某年，某钦差视察京郊，见民不聊生，心有不满。地方官忙以当地地名集成上句为自己开脱，钦差当即以当地地名作下联回答。据说几年后，钦差再次视察京郊，百姓安居乐业，地方官以此作答："密云布雨润三河，泽玉田百年丰润；平谷移山填静海，建乐亭万世兴隆。"联中密云、平谷、怀柔、顺义、良乡在今北京市，三河、玉田、丰润、乐亭、遵化、兴隆在今河北省，静海在今天津市。

琵琶琴瑟八大王，王王在上
魑魅魍魉四小鬼，鬼鬼犯边

　　19世纪末，八国联军侵占京津，腐败无能的清政府只好屈膝求和。议和会上，众洋人趾高气扬，不可一世。其中有个略通中文的洋人代表公然提出上联要求答对，清政府的代表明白，这是向他们挑战示威，心中愤怒却无人能对。正在这时，有个年轻小吏一跃而起，昂然答出下联，文字严密、话语犀利，令挑衅者相顾愕然。（另有一说，洋人出上联：骑奇马，张长弓，琴瑟琵琶，八大王王王在上，单戈能战；小吏对下联：伪为人，袭龙衣，魑魅魍魉，四小鬼鬼鬼犯边，合手并拿。）

池中莲藕，攥红拳打谁
岸上蓖麻，伸绿掌要啥

乾隆十六年夏季，乾隆率群臣在宫中游玩，见池中荷花初放，乾隆得上句。纪昀余光一扫，看到池子左边的蓖麻，马上以问句相对，天衣无缝，乾隆连连称赞。

门对千根竹
家藏万卷书

明朝人解缙，幼年时家里很穷，因家门正对富豪的竹林，除夕，他在门上贴出此联作为春联。富豪见了，命人把竹子砍掉。解缙深解其意，于上下联各添一字，变成：门对千根竹短，家藏万卷书长。富豪更加恼火，下令把竹子连根挖掉。解缙暗中发笑，在上下联又添一字：门对千根竹短无，家藏万卷书长有。富豪气得目瞪口呆。

此木为柴山山出
因火成烟夕夕多

此联实为清朝刘尔炘所作，某些电视连续剧中被附会给刘墉、郑板桥等人所作。联中，“此木”与“柴”，“山山”与“出”，“因火”与“烟”，“夕夕”与“多”皆为字的拆合。

十八岁前未谋面
二三更后便知心

旧时婚姻全凭父母之命，媒妁之言，夫妻双方不到洞房之夜是互不相识的。某夫妇新婚之夜，新郎揭开新娘盖头，心生感慨，出此上联。没想到新娘也是个有胆有识且聪慧过人的女子，闻此便细声羞涩应道下联，一切尽在此言中，实属妙对。

闭门推出窗前月

投石冲破水底天

相传新婚之夜，苏小妹欲试新郎秦少游之才，将秦拒之门外并出上联。秦少游左思右想不得其对，徘徊长廊。苏东坡见状，虽替妹夫焦急，却又不便代劳。突然，他灵机一动，拾起一块石头，投进盛满清水的花缸里。秦少游听到"扑通"一声，顿时领悟，脱口对出下联。苏小妹闻声大喜，急忙迎新郎进洞房。

微笑熄灯双得意

含羞解带两痴情

苏小妹三难新郎后，新郎秦少游胜过三关，进入洞房。进入洞房后，苏小妹又出此上联，秦少游很快对下联。因通俗而不失典雅，且工整精当，现常被人用来跟新婚夫妇开玩笑。

艾自修，自修勿修，白面书生背虎榜

张居正，居正勿正，黑心宰相卧龙床

《中国古今巧对妙联大观》云：明万历年间，艾自修与张居正同科中举，艾自修居于榜末。张以上联嘲之，艾当时未对出。张当上宰相后，据说与皇后有暧昧关系，艾自修抓住这一点，对出了下联，联语工整。

明日逢春好不晦气
终年倒运少有馀财

相传明代有一财主让祝枝山给他作一副春联，财主希望"明日逢春好，不晦气；终年倒运少，有馀财"。祝作此联。此联妙处在于如何断句，若念成"明日逢春，好不晦气；终年倒运，少有馀财"，则意思相反。

此屋安能久居
主人好不悲伤

明代又有一财主造了高楼大厦，请祝枝山写楼联。祝深知此财主为人，决意捉弄他一下，便写了上面这副楹联，并念成"此屋安，能久居；主人好，不悲伤"。财主听后颇为满意，待贴出来后，宾客们却个个偷偷地暗笑，等财主领会过来，气得七窍生烟，却又无可奈何。原来这副楹联如不断句，上联分明是疑问句式，下联是感叹句式，那么这间屋子是无人敢住的。

月圆
风扁

福建莆田戴大宾，幼年即以才气闻名。十三岁时，一日有位客人找他父亲，想试他才气如何，于是出了一联：月圆。戴大宾对曰：风扁。客问何以风是扁的？答云：风见缝就钻，不扁怎行？客认为有理。继而又出联曰：凤鸣。戴对曰：牛舞。客问牛何能舞，答云：《尚书》中有言"百兽率

奇趣楹联

舞"，牛亦兽，自在其中，客人大加赞赏。可见，运用巧辞的联，说是亦是，说非亦非，于似是而非之间令其似非而是，颇为有趣。

酿酒坛坛好做醋缸缸酸
养猪头头大老鼠只只瘟

清代有一酒坊老板为人奸诈，时常欺瞒顾客。过年时，他请李渔给他写了一副春联，写好后贴在门上："酿酒坛坛好做醋缸缸酸；养猪头头大老鼠只只瘟。"账房生先念给老板听："酿酒坛坛好做醋，缸缸酸；养猪头头大老鼠，只只瘟。"老板听了，气得脸发紫，派人把李渔找来，指斥他的不是。李渔顿挫有致地念道："酿酒坛坛好，做醋缸缸酸；养猪头头大，老鼠只只瘟。"

坐、请坐、请上坐
茶、泡茶、泡好茶

清代学者阮元游平山堂，寺庙方丈将阮元当作一位普通游客，只说了一声"请"，又对下人说"茶"。随之交谈，觉其出语不凡，便改了口气"请坐"，吩咐下人"泡茶"。后来当他知道是大学士阮元时又换成了"请上坐""泡好茶"。到了阮元临走时，方丈恳求墨宝，阮即以方丈的言语出此联，对仗十分工整，且别开生面，活脱脱描绘了一个前倨后恭者的面目。

小犬无知嫌路窄

大鹏展翅恨天低

明朝解缙，少时有"神童"之称，一次曹尚书请他入府，故意不开正门，让他从小门进。解缙嫌门窄，曹便出上联取笑他，聪明的解缙以下联回应。

小姐诚抱屈矣
先生果破费乎

《名联谈趣》中说，台湾省有位先生叫屈万里，迟迟未婚，后来终于娶了位姓费的老处女。结婚那天，友人送这样一副楹联。"抱屈"本意是"委屈"，"破费"本意是"花钱"，但在这里又暗指男女之事。一语双关，令人捧腹。

两朝天子，一代圣人
烹天子父，为圣人师

《中国古今联对妙对大观》中记载：某地有朱、项两族为邻，时常明争暗斗。某年两家祠堂翻修，在祠堂楹联上，两家又大做文章。朱姓人先作楹联"两朝天子，一代圣人"，朱家祖先朱温和朱元璋，分别为南梁和明朝的开国皇帝，一代圣人指朱熹，为宋朝大理学家，人称"朱圣人"；项家人后出联，项家先祖项羽曾以"烹杀太公"要挟刘邦受降，另有春秋时项橐，孔子曾拜他为师，故作"烹天子父，为圣人师"。

二猿伐木深山中，小猴子也敢对锯
一马陷足污泥内，老畜生怎能出蹄

李调元听说有一小儿叫解缙，擅长属对，便出此上联为难他，其中"锯"谐音"句"。解缙当即对出下联，"蹄"谐音"题"，老先生面红耳赤。一老一幼争执的场面生动浮现，令人捧腹。（也有一说是陆容、陈震互对。）

大老爷过生，金也要，银也要，铜钱也要，红白一把抓，不分南北

小百姓该死，稻未熟，麦未熟，高粱未熟，青黄两不接，送甚东西

某县令为官不仁，在乡里作恶，借过生日之名，向乡民大索寿礼，有一秀才送来这样一副楹联。等县令看完，心生愤怒之时，秀才早已不知去向。

千年古树为衣架
万里长江做澡盆

明朝杨慎五六岁时在桂湖附近一个堰塘里游泳，县令路过，他居然不起来回避。县令命人把他的衣服挂在一个古树上，并告诉杨慎："本县令出副对子，如果你能对得出，饶你不敬之罪！"县令刚说完此上联，杨慎即对出下联，县令叹服，赞杨慎为神童。

师姑田里挑禾上
美女堂前抱绣裁

上联为明朝吴中才子祝枝山所出，下联为沈石田所对。"禾上"谐音"和尚"，"绣裁"谐音"秀才"。

从未闻男女平权，公说公有理，婆说婆有理，万难成理

　　君不见阴阳合历，你过你的年，我过我的年，一样是年

　　20世纪二三十年代，上海滩南京路上出现了许多成双成对的青年男女，这种自由恋爱的景象被一些保守人士斥为"有伤风化"，一个封建遗老出上联发泄对此的不满。而新派人物热情地赞颂先恋爱再结婚的风尚，于是几位学生作了下联来反驳。

　　门前生意，好似夏月蚊虫，队进队出

　　柜里铜钱，要像冬天虱子，越捉越多

　　《笑笑录》云，明朝唐伯虎为一商人写楹联，曰："生意如春意，财源似水源。"其人嫌该联表达的意思还不明显，不太满意。唐伯虎又写了这副楹联。蚊子、虱子，皆为嗜血动物，人人见而厌之，以此比喻生意和铜钱，形象不言而喻。那商人居然大喜，足见其无知与浅薄，联趣正在这里。此联除用比喻外，还用了重言（队、越）。

　　你求名利，他卜吉凶，可怜我全无心肝，怎出得什么主意

　　殿遏烟云，堂列钟鼎，堪笑人供此泥木，空费了多少钱财

　　此联系某地观音菩萨庙楹联。上联以自怨自艾、自嗟自

叹的形式，入木三分地揭露封建迷信的本质，嘲笑了信神信鬼的愚昧行为，发人深省，耐人寻味，妙趣横生。很显然，这样的写作方式比平铺直叙的宣传效果要好得多。

一代奇书镜花录
千秋名士杜林胡

"文化大革命"中，曾有一个半文盲被派到某图书馆担任驻馆代表，他居然将小说《镜花缘》读为"镜花录"。有一次在学习《反杜林论》时，有人说"杜林胡说什么"一语，他听不懂，误以为"杜林胡"是什么出名人物，便大声说："杜林胡反马克思主义毛泽东思想，应该拉出去枪毙！"于是有人以此为题，写了这样一副楹联。这副楹联先录其错读，再录其错断，并加以讽刺，用的是"飞白"手法。

一桌子点心，半桌子水果，哪知民间疾苦
两点钟开会，四点钟到齐，岂是革命精神

1926年，汪精卫在武汉政府期间，口头高喊革命，办事却大耍官僚派头，讲排场，图享受。一次，到郑州开会，冯玉祥对他的表现极为反感，便写了此联暗骂汪精卫。

弄子弄狮，一副假头皮，难充真兽
画工画猴，这等无心腹，枉作生猿

相传某生员娶妻，妻工于女红，时常给孩子用布缝些狮子之类的玩具。生员为卖弄才学，便出上联以嘲笑妻子，没想到聪明的妻子马上对出下联反击。"猿"谐"员"。

前方吃紧
后方紧吃

抗日战争时期，由于国民党反动派采取不抵抗政策，致使日寇长驱直入，中华民族陷入水深火热之中。可国民党军队却一退再退，大吃大喝。于是有人写了这样一副通俗、直白、精短的楹联。仅八个字，一个"前方"，一个"后方"；一个"吃紧"，一个"紧吃"，形象地描绘了当时的两种势态。上联"吃紧"，指情况紧张。下联做了一下换位，则变为大吃大喝，不可终日的意思。稍动一字，差之千里。

著！著！著！主子洪福
是！是！是！皇上圣明

此联是讽刺清道光年间两个军机大臣潘世恩和穆彰阿的。他们惯于阿谀奉承，凡是皇帝说的话，他俩无不点头，口应："著！著！著！""是！是！是！"此联是对二人奴颜形象的描绘，读之如闻其声，如见其状，形象生动。

道童锅里煎茶，不知罐煮
和尚墙头递酒，必是私沽

明朝陈道复与唐伯虎为好友，有一次，二人相偕游玩至一道观，道童用锅煮茶招待，唐见此景得了上联，陈略加思索，对出下联。上下联末二字分谐"观主""师姑"，此种双关语的楹联，饶有趣味，见之者必然会意而笑。

　　王师岂无能，啸聚山林，风（峰）声鹤唳，敌寇未来先丧胆
　　程度果合格，汝图宝贵，淮（怀）安旦夕，人民生死不关心

　　抗战时期，国民党鄂东挺进军第十七纵队司令程汝怀、副司令王啸峰，不仅不抗日，反而把枪口对着八路军。有一文人志士，用横嵌的方法，把他们二人的名字拆开嵌入联中，给以辛辣的讽刺和有力的鞭挞。

　　稻粱菽，麦黍稷，许多杂种，不知谁是先生
　　诗书易，礼春秋，皆是正经，何必问及老子

　　某教师辛辛苦苦教了一年私塾，年终时，学生家长却想赖账，不给工钱，并故意出此上联讽刺老师，联中"杂种""先生"语意双关，问得可谓尖酸刻薄；但"先生"不急不恼，以"正经""老子"的双层语意，堂而皇之地回敬了学生家长，可谓妙语天成。

狗啃河上骨
水流东坡诗

　　苏东坡被贬黄州后，经常与好友佛印和尚一起吟诗作对。一天傍晚，二人泛舟长江。苏东坡忽然用手往左岸一指，笑而不语。佛印顺势望去，只见一条黄狗正在啃骨头，顿有所悟，随将自己手中题有苏东坡诗句的蒲扇抛入水中。

奇趣楹联

两人相视而笑。原来，这是一副哑联。苏轼上联的是：狗啃河上（和尚）骨，佛印的下联是：水流东坡诗（尸）。

阮元何故无双耳
伊尹原来是一人

这副楹联的作者之一据说是清代的乾隆皇帝。乾隆下江南时，路上遇到一个少年，觉得他聪明伶俐，便想考考他的智力。他先问少年的姓名，少年回答说叫阮元，乾隆灵机一动，马上得了上联，本以为可以难倒少年。没想到少年只是略加思索，便应答出了下联。下联中的伊尹，是商朝时期的一个人物，曾助商灭夏。"伊""尹"两个字从字形上看，与"阮""元"二字有异曲同工之妙，"伊"字带有单人旁，而"尹"字不带偏旁。因此，"阮元"与"伊尹"相对，便显得珠联璧合，工稳得当。后来阮元官至大学士。

国之将注必有
老而不死是为

此为章太炎嘲讽康有为的楹联。上下联分别集《中庸》《论语》中句。上联句尾隐去"妖孽"二字，下联句尾隐一"贼"字。联面尾处现出"有为"二字，意指康有为乃国之"妖孽"，是"贼"。康有为实行维新变法，在中国历史上起到了一定的积极作用，但变法失败后，却逃亡海外，组织"保皇会"反对革命，遭世人唾弃，这也许就是章太炎写此联的初衷吧。此联在技巧上应用了隐切、嵌名，作为集联，能达到如此严整，可见作者功底之厚，学者究之，必有裨益。

李子有何高？与余意见竟相左
藩臣徒误国，问尔经济有何曾

清朝名臣曾国藩和左宗棠，某日因某事都心生不快，曾对左说："我有一联，请你属对。"因宗棠字子高，曾出此上联。左宗棠略一思索，便出下联，予以回骂。与此联相类似的还有纪晓岚与和珅的故事，当时纪晓岚任侍郎职，和珅任尚书职，某日二人在街头饮茶，和珅指着路边一狗问纪："是狼（侍郎）是狗？"纪指指狗尾巴说："下垂是狼，上竖（尚书）是狗。"

长长长长长长长
长长长长长长长

此为某豆芽店门联。解读：上联第一、三、五、六字读"cháng，长短"，第二、四、七字读"zhǎng，生长"，下联则正好相反。上下联的意思就是所生豆芽越长（zhǎng）越长（cháng）的意思。

珍珠双花红娘子
枸杞二丑绿宾郎

明代山西有一位名医叫乔嗣祖，家有二女，名珍姐和珠妹。乔老先生有心想把祖传医术传给两个女儿，又怕违背祖训。最后，乔老决定招婿入门，并出此上联让应征者作对。一天，一位身穿绿锦袍的少年上门对出下联。乔老问少年下联如何解释，少年如实作答。原来少年本姓吴，名杞，哥哥吴枸，才华更在吴杞之上，但染恙在家。今身穿绿锦衣前来，乃是哥哥的嘱咐，权以"绿宾郎"自许。上联中，珍珠、双花、红娘子，都是中药名，故下联对以枸杞、二丑、绿宾郎（槟榔）。乔老先生闻后大悦，当即将二女配给吴氏兄弟。花烛之日，往观者甚众。乔老门上贴的婚联正是此联。

万马无声听号令
一牛独坐看文章

清代某年浙江大考，朝廷派去了一位姓牛的主考官。此官向来以出怪题出名，考生们为此暗自叫苦。这次果然出了一个很怪的考题："万马无声听号令。"待考题发下，他就让考生去作文章，自己捧了本书去读。此句化自欧阳修的一句诗"万年不嘶听号令，诸蕃无事乐耕耘"，考生们对原意不熟，所以无处下笔。良久，一位考生大声说道："诸君不必苦苦思索了，下句我告诉你们吧，乃一牛独坐看文章。"这位考生将考题做了出句处理，峰回路转，出其不意，显然是在讥笑主考官，这是在特殊环境下产生的作品，也属难得之作。

吃的是老子，穿的是老子，一生到老全靠老子

唤不回天尊，拜不灵天尊，两脚朝天莫怪天尊

此联借道教鼻祖老子的口吻成联，意在讽刺道士的寄生生涯。"天尊"亦指老子，唐朝老子被封为"太清道德天尊"。

荷尽已无擎雨盖
菊残犹有傲霜枝

现代学者辜鸿铭引用北宋著名文学家苏轼《赠刘景文》中的诗句作成此联，以讽刺北洋军阀张勋。张勋的亲信部队号称"辫子军"，而张勋则被人们戏称为"辫帅"。此联中的"擎雨盖"暗喻清朝官员的帽子，"傲霜枝"暗喻清朝人头上的辫子。这副楹联生动形象地讽刺张勋已到了"荷尽""菊残"的地步。

牛头喜得生龙角
狗口何曾出象牙

明代民族英雄于谦幼年时，母亲曾把他的头发梳成双髻。有一天，他到乡间的学堂去，被一个名叫兰古春的和尚看见了，就吟出上句笑他。于谦听了，立即用下句雪耻。兰古春和尚先是大惊，继则赧然。后来，于谦被选为"博士子弟员"。一次，跟着巡按、三司大人过西湖南山净慈寺，其中一人指着大雄宝殿的佛像出了上联："三尊大佛，坐狮、

坐象、坐莲花。"一时无人能对。有人说："可让于谦这小秀才来对。"于谦也不谦让，随口对出下联："一介书生，攀凤、攀龙、攀桂子。"众人皆交口称赞。

修竹千竿，横拖直扫，扫金扫银扫国币
小轩一角，日煮夜烹，烹鱼烹肉烹民膏

刘竹轩任反动县长时，因其生活荒淫，作恶多端，民愤日积。某文人作联，将其名"竹轩"分别镶嵌于上下联第二字的位置，直切揭露，痛加贬斥。

泰岱千峰，孔子圣，孟子贤，自古文章传东鲁
黄河九曲，文王谋，武王烈，历代道统出西秦

乾隆年间，有一次会试，陕西人王某夺得榜首，众落榜之士有些不服气，于是他们决定出一难对的上联，要王某属对，借此揶揄一番。王某当然也不是等闲之辈，他见上联大出特出齐鲁人物，于是便挥笔对出下联，黄河对泰岱，以文王、武王对孔子、孟子，势均力敌，有理有据，针锋相对，令人咋舌。

昨夜敲棋寻子路
今朝对镜见颜回

子路，即孔子的弟子，又可解为"棋子的路数"。颜回，即孔子的弟子，又指"面颜的真容"。此棋联嵌入古人名，一语双关，非常奇巧。

天心阁，阁落鸽，鸽飞阁未飞
水陆洲，洲停舟，舟行洲不行

联中的"阁"与"鸽"、"洲"与"舟"同音异字相间使用，使楹联产生回环反复的妙趣。这副楹联描写的是湖南长沙的景点，既有谐音之趣，又含"天心阁""水陆洲"两地名，颇有地方色彩。

鸿是江边鸟
蚕为天下虫

此为拆字联，鸿是由江、鸟二字组成，蚕是由天、虫二字组成。一是左右结构，一是上下结构。一作鸟，一作虫，江对天，可为严对之例。鸿是壮志鸟，蚕为旺家虫，意味隽永，堪称佳作。

独览梅花扫腊雪
细睨山势舞流溪

此联看上去不失为一副诗味浓郁的写景联。然而，细心品读，你会发现它还有所指。原来，上联是由乐谱1、2、3、4、5、6、7的谐音而来；下联则是阿拉伯数字一、二、三、四、五、六、七的谐音化出，不过这种读音只是浙江地区的方言而已。

张口闭眼，喷云吐雾，谁家男人像你这烧火老官

搬舌弄嘴，说风道雨，哪个女子似我那泼水夫人

　　某夫妇男方爱抽烟，女方爱说闲语。有一天女方出了上联以示自己反对丈夫吸烟，男方遂对下联以回敬。

擘破石榴，红门中许多酸子

咬开银杏，白衣里一个大人

　　徐晞显贵后曾经返回故里省亲。郡守县令率领当地诸生出城相迎。几位年轻的生员知道徐出身贫寒家庭，顿时表现出轻蔑无礼的态度。郡守看到这个情况，十分恼火，就当场出了上联让诸生属对，诸生面面相觑，无人能对。徐晞倒显得十分大度，替诸生对出下联。诸生惊服，再也不敢小觑徐晞。

泥肥禾尚瘦

暑短夜差长

　　上联的意思是：泥土肥沃，但禾苗仍然瘦弱。下联的意思是：太阳在天上的时间越来越短（所谓暑短，此乃夏至后发生的自然现象），日夜的时差越来越长。此联的妙处在于，若以谐音读此联，则变成：尼肥和尚瘦，鬼短夜叉长。

东鸟西飞，满地凤凰难下足

南龙北跃，一江鱼鳖尽低头

清嘉庆时期的进士宋湘有"江南才子"之称，是广东梅县人，曾向西北行至某省，与当地名士们会文，席间有人出上联想难为宋湘。才思敏捷的宋湘不慌不忙道出下句，针锋相对，满座皆惊。

骑父作马
望子成龙

清朝林则徐幼年去应童子试，因人群拥挤，他的父亲就扛着他送进考场。考官见他父子这副样子，开玩笑道："骑父作马。"引起哄堂大笑，弄得林则徐父亲十分尴尬。谁知，小林则徐脱口对出："望子成龙。"满场皆惊。林则徐的下联既解了父亲的窘迫，又道出了父亲盼儿成材的心情，一时传为佳话。

童子打桐子，桐子落，童子乐
丫头啃鸭头，鸭头咸，丫头嫌

此联为古人所对，1981年，《中国青年报》曾以"童子打桐子，桐子落，童子乐"为题征联，应征者多有妙对，如"玉头起芋头，芋头枯，玉头哭""和尚游河上，河上幽，和尚忧"等。

宰相合肥天下瘦
司农常熟世间荒

清末常熟人翁同和曾任户部尚书（相当于古代大司农之职），是光绪皇帝的老师。在任期间与合肥人李鸿章不和。李在八国联军侵占北京后被任为全权大臣，等于过去的宰相。一次，翁同和出上联讥讽李鸿章，李对出下联，反唇相讥。

一担重泥遇子路

两堤夫子笑颜回

秀才张某恃才傲物。一天，在田垄遇一挑泥农夫，不肯让路，二人谁都过不去。僵持了一会儿，农夫笑道："我有一联，你若能对，愿下田让道。"秀才满口应承。农夫曰："一担重泥遇子路（寓意：一旦仲尼遇子路）。"张苦思冥想，无言可对，只得下田让路。三年后，张某看浚河工决堤引水，傍晚河工约会笑而返，才恍然大悟，对出下联。"夫子"应指农夫、孔夫子。

昔具盖世之德

今有罕见之才

汪精卫（本命汪兆铭，因其笔名精卫，所以多称汪精卫）就任伪国民政府主席，南京灵谷寺长老撰此联祝贺，表面是恭维，实际上却是尖刻的讽刺。"盖世""罕见"分别谐音"该死""汉奸"。

双塔隐隐，七层四面八方

孤掌摇摇，五指三长二短

纪昀有一次南行来到杭州，友人为他设宴洗尘。席间，照例少不了连句答对。纪昀才思敏捷，出口成联，友人心悦诚服，夸他为北国孤才。纪则不以为然，说道："北方才子，遍及长城内外，老兄之言从何谈起？"友人道："先时我曾北游，出了一联，人人摇手不对。"纪半信半疑，问道："老兄的出句竟如此之难？"友人道："一般。"接着，念了上联："双塔隐隐，七层四面八方。"，纪晓岚听罢哈哈大笑，说："这样简单的出句，他们不屑回答，即以摇手示对！"友人不解地问："那，他们的下联是什么呢？"纪昀道："孤掌摇摇，五指三长二短。"友人听后，恍然大悟。

移椅倚桐同赏月
点灯登阁各攻书

古时，一新娘洞房中出上联给新郎，新郎答不出，遂在院中徘徊思索。被邻居发现，邻居潜入洞房对出下联，并与新娘成就好事。次日晨，新郎返家，新娘方知昨晚不是新郎，遂上吊自尽。县令以"移椅倚桐同赏月"为题在全县悬赏征下联，新郎的邻居不知是计，对出下联后，非但没有重赏，反而被足智多谋的县令认定是罪犯。上联"椅"和"倚"是同偏旁，"同"又是"桐"的偏旁，读音相同而且"移"和"椅"声母也相同；下联"灯"与"登"、"各"与"阁"既音同，而且"登""各"又各自是灯（古字"燈"）、"阁"字的偏旁。

水车车水，水随车，车停水止
风扇扇风，风出扇，扇动风生

　　明朝唐伯虎与祝枝山同列"吴中四才子"，某日二人因事到乡村，看到农夫车水，祝灵机一动得了上联。唐看到农夫手中的扇子，当即对出下联。祝唐之对实属巧妙，传诵一时。

看我非我，我看我，我也非我
装谁象谁，谁装谁，谁就象谁

　　梅兰芳是我国著名的京剧大师，最擅长扮演旦角，且造型俏美。为此，他自撰一上联求对。跟随他多年的琴师对其知之甚深，对出了下联。这副联珠对（亦称顶真对）是戏台楹联中的佳品，其概括力极强，仅用了"看""我""非""也""装""谁""象""就"八个字，就把戏剧演员忘掉自我、逼真肖人的精彩表演描述了出来。该联对仗工稳，精巧风趣，联意隽永。

三强韩魏赵
九章勾股弦

　　1953年，钱三强率科学考察团出访，团员有华罗庚、张钰哲、赵九章、贝时璋、吕叔湘等人。途中闲暇无事，少不得谈今论古。这时华罗庚即景生情，得出此上联，求对下联。三强说的是战国时期韩、魏、赵三个强国，又隐喻代表团团长钱三强的名字，这就不仅要解决数字联中难对的困难，而且要在下联中嵌入另一位学者的名字。因此，华老上联一出，诸人大费踌躇。隔了一阵，只见华罗庚不慌不忙地吟出了下联：九章勾股弦。九章是我国古代著名的数学著作，这本书首次记载了我国数学家所发现的勾股定理。同时，九章又是大气物理学家赵九章的名字。对得如此之妙，使满座为之倾倒。

官名父母须慈爱
家有儿孙望久长

古代地方酷吏欺压百姓过甚，老百姓都说他们损阴德，诅咒他们无后或子女残疾。有个叫汪辉祖的官员写下此联作为对自己的警戒。

水底月为天上月
眼中人是面前人

宰相寇准与友同游，见水中月影，即兴吟出上联，同行朋友无以相对。此时，杨大年刚好赶到，当即答出下联，众皆喝彩。

七鸭浮塘，数数数三双一只
尺鱼跃水，量量量九寸十分

明朝天启元年，宰相叶向高路过福州，留宿新科状元翁正春家中，翁即兴出对曰：宠宰宿寒家，穷窗寂寞。叶向高见联中全是宝盖头的字，先是一惊，接着对道：客官寓宫宦，富室宽容。次日，翁送叶上路，经过池塘时，叶说：

"翁公昨夜讲穷窗寂寞，我看未必。"遂指着池塘中正游戏的七只鸭子出上联，翁正春不意被将了一军，也向池塘望去，见有鱼儿跃水，当即对出下联。联毕，二人相视大笑。

青羊将二羔
两猪共一槽

西晋时，刘道真与朋友外出游玩，后来又累又饿，就坐在田间草地上休息，并拿出带来的东西一起吃。这时，一个穿青色衣服的农妇带俩小孩路过，刘道真出上句调戏，农妇也不示弱，以下句答之，刘道真羞愧难当。

家有万金不算富
命里五子还是孤

传说古时一老翁无人养老，遂贴出此联，外人不解，老翁说："我有十个女儿，人称女儿千金，我不是家有万金吗？我有十个女婿，都说女婿半子，我不是命里五子吗？可女儿女婿都不管我，岂能算富不孤！"这里就是以"千金"指代女儿，"半子"指代女婿。老人的楹联贴出后，女儿女婿十分惭愧，乃争相赡养。

万家乐用万家乐，万家都乐
九州同吟九州同，九州大同

此联是广东省石油燃气用具发展有限公司于1989年所征之联，出句中的第一个"万家"是虚指，为主语，中间的"万家乐"为企业产品的名称，为专有名词，作宾语。第二分句的"万家都乐"是从侧面描写、宣传了产品的优点，句尾二字嵌以地名。下联为台湾省陈怀所撰，作者巧化了陆游《示儿》诗中"但悲不见九州同"一句，以九州同铺开，格调豪迈，雄浑苍劲，抒发了祖国人民盼两岸统一的心情。作者为台属，所吟之句别有情致。对句既关联政治，又有文化，有历史，境界高远。

家藏千卷书，不忘虞廷十六字
目空天下士，只让尼山一个人

相传宋代刘少逸幼时，一日随师往拜名士罗思纯。罗出上句，少逸对下句。其中，虞廷，指舜的朝廷。相传舜为古代明主，故常以"虞廷"作"圣朝"的代称。十六字，指《尚书·大禹谟》之"人心惟危，道心惟微，惟精惟一，允执厥中"。宋儒将此十六字视为尧、舜、禹心心相传个人道德修养和治理国家的原则。尼山，本为山名，在山东曲阜，此代指孔子。联语用了用典和借代二法。刘少逸小小年纪语出此言，令人震惊。

欠食饮泉，白水何能度日
才门闲卡，上下无处逃生

相传旧时有一书生，衣食无着，一日饿极，伏于泉畔饮水充饥。一老秀才路过，问之上句，书生答下句。句中"欠"与"食"组成"饮（饮）"字，"白"与"水"组成"泉"字，"才"与"门"组成"闭"字，"上"与"下"

组成"卡"字。抗战时期，蒋介石政权层层克扣教育经费，加上通货膨胀，教职员工苦不堪言。某大学教师愤题如下一联："欠食饮泉，白水何堪足饱；无才抚墨，黑土岂能充饥？"此联显然是老秀才联句之脱化和仿作。

烟锁池塘柳
炮镇海城楼

用相同的偏旁部首镶嵌于楹联之中，其局限性很大，但一旦写作成功，则趣味性浓郁。这副楹联的上下联偏旁分别以"金、木、水、火、土"五行相对应，堪称绝对。此联曾在漫长的年代中是无人能对的绝联，乾隆年间，纪晓岚曾对"板城烧锅酒"，"五行"齐备，但联意全无。直至晚清西方列强瓜分中国时，才有人根据战火硝烟情景对出下联。

小翠花，小翠喜，一文一武，一京一汉
马连良，马连昆，同乡同姓，同教同科

清末以来，我国出了一批杰出的戏曲表演艺术家，小翠花、小翠喜、马连良、马连昆就是其中的四位，此联嵌四人姓名。小翠花，京剧演员于连泉的艺名，北京人；小翠喜，汉剧演员，武汉人；马连良，北京人；马连昆亦是。同教，同信回教。同科，同习老生。联语除嵌名外，还借助了人名中相同的文字取巧，又重言"一"字与"同"字。

李东阳气暖
柳下惠风和

此联巧在以不同句式的读法读出不同的效果，若按三、二句式读，可读出两个人的名字：李东阳和柳下惠。李东阳，明代诗人，天顺年进士，官至吏部尚书，华盖殿大学士。此人秉性温和，善依附周旋。柳下惠，春秋鲁国大夫，任士师（掌管刑狱的官吏），以善讲贵族礼节和坐怀不乱而著称。联以"气暖""风和"喻二人，十分贴切、自然。如按二、三式去读，其意义则变成了这样的意思：李树的东边阳气暖，柳树的下边惠风和。不管以何种句式读，对仗、结构都很工整。其一，"李东阳"对"柳下惠"，人名相对，"气暖"对"风和"，主谓语词组相对。其二，"李"对"柳"是植物对，"东"对"下"方位对，"阳气"对"惠风"偏正词组对，"暖"对"和"形容词相对。

少目焉能评文字

欠金岂可望功名

横批：口大欺天

清朝乾隆年间，直隶学士吴省钦主持乡试，贪赃受贿，录取不才。落第生员愤而在试场门口贴出此联。上联暗嵌"省"字（少目合而为省），下联暗嵌"钦"字（欠金合而为钦），横批暗嵌"吴"字（口天合而为吴）。联语使吴省钦的劣迹昭然若揭，引起轰动。

五行金木水火土

四位公侯伯子男

这是几个秀才合谋出句难丘机山的楹联。丘机山，宋初人，以滑稽闻名于世。丘出奇制胜，巧借孟子"公一位，侯一位，伯一位，子男同一位"之语，以四位对五行，不可多得。

　　虎贲三千，直抵幽燕之地
　　龙飞九五，重开尧舜之天

　　在元代，中原红巾军初起之时，写在战旗上的"旗联"是："虎贲三千，直抵幽燕之地；龙飞九五，重开大宋之天。"这副"旗联"充分反映了红巾军浩大的声势和所向无敌的英雄气概。在写作格局和程式上，并不强求工仗，且有同字相对，但其影响极大。在尔后明代中叶刘六、刘七起义时，西路军战旗的旗联仅改"大宋"二字为"混沌"而已："虎贲三千，直抵幽燕之地；龙飞九五，重开混沌之天。"清末，太平天国起义军占领南京之后，在龙凤殿两旁柱子上又见到了这副楹联的身影，只不过仍是更易二字，成为此联。

　　水仙子持碧玉簪，风前吹出声声慢
　　虞美人穿红绣鞋，月下行来步步娇

　　这是由词牌组串成的一副巧联，联中串出六个词、曲牌名《水仙子》《碧玉簪》《声声慢》《虞美人》《红绣鞋》《步步娇》，描绘出了一幅美人轻移莲步，观月赏景的美丽画卷。

二三四五

六七八九

横批：南北

从字面看，读者便知作者在做文字游戏。上联缺"一"字，下联缺"十"字。"一"与"衣"谐音，"十"与"食"谐音，加上横批所缺"东西"二字，作者的意图不言而喻，原来全联的意思就是"缺衣少食，没有东西"。

母鸡下蛋，谷多谷多只一个

小鸟上树，酒醉酒醉无半杯

相传此联为古代文人把酒言欢时之戏作。"谷多谷多"是仿母鸡的叫声，"酒醉酒醉"是仿小鸟的叫声。联语意境含蓄，生活气息犹浓，读之情趣盎然。

三绝诗书画

一官归去来

《楹联丛话》记载：郑板桥辞官归田后，一日在家宴客，有人送来一副楹联，观之出句，云：三绝诗书画。郑板桥说先不看下联，要自己对上后再看，但是思虑很久，也没能对出来，只好打开下联来看，曰：一官归去来。原来，唐玄宗时，有诗人郑虔，诗书画皆工，时称"郑虔三绝"，此上联以郑板桥比郑虔。又有东晋陶潜，挂冠归隐，作《归去来辞》，此下联又以郑板桥比陶潜。两比皆为暗中赞誉，准确精当，令人叫绝。

> 云锁高山，哪个尖峰浔出
> 日穿漏壁，这条光棍难拿

旧时有一穷书生，好打抱不平，为此被歹人诬陷。公堂审案，县官知其为人，想找个理由将其释放，便言："吾出一联，能对则免罪；不能则严办。"遂出上联，书生见壁洞透进阳光，对下联。惺惺相惜，结果不言而喻。另有一联，与此意恰好相反，光棍先说上联："叶落枝枯，看光棍如何结果。"县令当下对出下联："刀砍斧劈，是总督也要拔根。""督"谐"菟"。

> 民犹是也，国犹是也，何分南北
> 总而言之，统而言之，不是东西

此楹联是王湘绮为讽刺袁世凯所作。联中采用藏头诗的手法嵌入"民国总统"四字，并在联尾点出"不是东西"。上联的"也"字和下联的"之"字用得十分恰当，使全联工整妥帖。

> 坐南朝北吃西瓜，皮向东放
> 由上向下读左传，书注右翻

旧时张、李两个考生在炎夏苦读，暑热难当，乃共食一瓜，张生出上联，描绘自己吃瓜的情态；李生一时难以对上，后展书触情，回敬下联，描绘自己读书的情景，以供笑乐。联语对仗工整，堪称佳作。

下大雨，恐中泥，鸡蛋豆腐留女婿

伤足跟，惧侵身，无医没药安期生

此联又是古代人名谐音组成，分别为：下大雨——夏大禹，夏王名；恐中泥——孔仲尼，孔子字仲尼；鸡蛋——姬旦，周武王之名；豆腐——杜甫，唐诗人；留女婿——刘禹锡：唐诗人。下联分别是：伤足跟——商祖庚，商王名；惧侵身——姬寤生，春秋郑庄公之名；无医——吴懿，三国蜀大将；没药——殷郊，封神榜里的人物；安期生：仙人。

吴下门风，户户尽吹单孔笛

云间胜景，家家皆鼓独弦琴

此联为苏州王鏊与松江徐阶的戏谑联，上下联似乎是讲吹笛弹琴之事，实则上联所要表达的一层意思是指"吹火筒"，下联则隐指"弹棉花"一事。这样的楹联均能一语二用，语意双关，联意含蓄。

暂借荆山栖彩凤

聊将紫水活蛟龙

太平天国的冯云山（被洪秀全封为"南王"），起义前以教书为掩护，开展反清活动。他曾在私塾前写下此联，文辞雅切，寓意深远，把革命和荆山、紫水结合起来，相得益彰。

史鉴流传真可法

洪恩未报反成仇

清兵入关后，明将史可法坚守扬州，城被清兵攻破，不屈而死。又崇祯时兵部尚书洪承畴，降清苟且，为朝野不齿，时人撰此嵌史可法与洪承畴之名，语带双关。此联后被扩展成为："史笔流芳，虽未成功终可法；洪恩浩荡，不能报国反成仇。"联语虽有扩有改，基本意思和手法未变。

风吹罗汉摇和尚

雨打金刚淋大人

《解人颐》言：明代僧人姚广孝，在街上遇到林御史。林出上联，姚对下联。罗汉，小乘佛教理想的最高果位，在大乘佛教中仅次于菩萨一级。皆因是光头，故常以用作对和尚的尊称。摇，谐姚。金刚，佛教护法神，因个头都塑得很大，故此用称"大人"。淋，谐"林"。联中用了嵌名和双关。

孤山独庙，一将军横刀匹马

两岸夹河，二渔叟对钓双钩

《联语》云：南京燕子矶武庙，至清末仅存一勒马横刀偶像。某人入庙见之而得上联，未得对句。后一赶考书生系船于江边时见两渔翁对钓，遂得下联。联语之巧在于用数，上联之数全为一，而用"孤""独""一""横""匹"变言之；下联之数全为二，而用"两""夹""对""双"变言之，使人不会有雷同之感。

母鸭无鞋空洗脚
公鸡有髻不梳头

清朝一秀才遇见少年林则徐，想考考他，一眼看见池塘中正戏水的鸭子，吟出上联，小林则徐不费吹灰之力便对出下联。

上旬上，中旬中，朔日望日
五月五，九月九，端阳重阳

《奇趣绝妙楹联》言：明代解缙一日与友宴饮，友出上联，解缙对下联。每个月前十日为上旬，初一（即上旬上）为朔日；中间十日为中旬，十五（即中旬中）为望日；五月初五为端午节，亦称端阳；九月初九为重九节，亦称重阳。此联中，上下联的前两句各为回文，其中上联的"旬"与"日"和下联的"月"与"阳"又为重言；末句共嵌四个名称——朔日、望日、端阳、重阳。

大木森森，松柏梧桐杨柳
细水淼淼，江河溪流湖海

元朝中叶，隐居不仕的南宋文人黄某潜身浙东山中，日日与郁郁葱葱的参天古木相对，某日，以"木"为偏旁作了上联。下联为后人所对。

江南日暖难存雪

塞北风高不住楼

旧时娄某与薛某是朋友。娄某先在南方发展，颇有成就。薛欲投靠，娄以上联予以婉拒。后薛北上谋生，几经坎坷，终成家业。此时娄日渐衰败，不得已想寄居薛下。薛犹记当年之语，遂以下联回敬。"雪"与"薛"、"楼"与"娄"谐音双关，此联浑然天成。

士农工商角徵羽

寒热温凉恭俭让

据说这种联是来源于八股文截搭命题的灵感。因古时的八股文，题目必须是四书里的句子，而每个句子都已经出过很多遍，实在没什么可出的了，有一个考官灵机一动，把前一句的后半截和后一句的前半截拼凑起来，算作一个题目，如"学而时习之，不亦说乎"，可以出题作"习之不亦"，虽然毫无意义，但那时的考生还是能作一篇文章出来。"工"一本义，一谐"宫"；"凉"一本义，一谐"良"。此联虽平仄脱格，但仍因其对得巧妙而列为精华。

竹笋初生，何时称得林大秀

梅花放发，哪曾见得叶先生

此联为明朝状元林大钦应对私塾先生所作的对联。林大钦少年时才华横溢，远近闻名。一日，一位姓叶的私塾先生想考考他的才学，便出上联，意思是林大钦就像初生之笋一样，不知什么时候才能有所作为。林大钦随即对出下联，意思是自己就像梅花一样，傲骨寒霜，又隐喻自己比叶先生更高一等，足见其思维敏捷。

史君子花，朝白午红暮紫
虞美人草，春青夏绿秋黄

清朝赵翼《檐曝杂记》云：金山寺有一小和尚善对，润州（府治在镇江）太守出上联，小和尚答出下联。联中共含有六种颜色，"史君子"与"虞美人"均为花草名，也为联中嵌名。

张吴两济连床读
严霍二光间世生

古时有位叫吴济的读书人，和另一位叫张济的是同乡，他们一起在学堂住宿，床铺又挨着。某秀才得此情况，道出上联。吴济以古人作比，对出下联。两济：吴济与同乡张济；二光：霍光，西汉高官；严光，字子陵，东汉名士。

孔子生舟末
光舞起汉中

明嘉靖年间，状元林大钦曾被派往湖北任主考官，傍晚拟渡汉水，却无船只。芦苇丛中恰有一小舟划来，林向老翁求渡，并告知自己身份；渔翁有意试之，于是指着船尾小孔，出了上联，林当即对出下联。其中，"舟末"谐"周末"，"光舞"谐"光武"，为汉朝光武帝刘秀谥号。

> 宝塔七八层，中容大鹤
> 通书十二页，里记春秋

明朝罗万藻乃汤显祖门生，有一次在知府家做客，知府出上联以试其才。这联乍看似乎平淡无奇，其实是利用抚州方言"容"与"庸"、"鹤"与"学"的谐音，暗藏了《中庸》《大学》两本书名。恰在此时，知府的书童正闲得无聊，顺手翻着一本《通书》，罗万藻无意中瞥见，顿时灵机一动，高声对出下联。《通书》用以记载四时节令，而《礼记》《春秋》又包含其中，果然对得妥帖。

> 眼前百姓即儿孙，莫言百姓可欺，当留下儿孙地步
> 堂上一官称父母，漫说一官易做，还尽些父母恩情

此联是山东金乡县令王玉池自撰的县衙大门联，联句写得很富人情味，读之令人心动。据传，王县令在任期间，赈济灾民，断案公允，生活清廉，博得县人爱戴，在旧社会能做到这一点是难能可贵的。

> 人穷双月少
> 衣破半风多

《古今巧联妙对趣话》中说，此联为一位穷书生家的春联。既然是书生，再穷困潦倒，也不忘咬文嚼字。双月，"朋"也，"双月少"即朋友少；"半风"，"风"繁体的为"風"，"半风"即为"虱"，"半风多"即为虱子多。衣服太破烂，虱子繁生。

　　　　　延上枇杷，本是无声之乐
　　　　　草间蚱蜢，还同不系之舟

　　汉字的音、意相同或者不同，都可以产生两种或两种以上的解释，造成言此而意彼的语言表达效果，这就是双关。此联中"枇杷"谐"琵琶"，为乐器；"蚱蜢"谐"舴艋"，为小船。

　　　　　　粟绽缝黄见

　　　　　　藕断露丝飞

　　相传此联为宋朝苏小妹为难兄长苏东坡的对子，好友佛印对出。"缝黄见"谐"凤凰现"，"露丝飞"谐"鹭鸶飞"。

　　　　　　流水夕阳千古

　　　　　　春露秋霜百年

　　旧时有一户人家结婚，把丧联"流水夕阳千古恨，春露秋霜百年愁"错贴于喜堂之上，客人一见，无不惊异，因碍于情面又不便明说。当新娘来到喜堂见此联时，不免暗中叫苦，但她灵机一动，来到丧联旁，将上下联尾各截去一字，丧联立刻变成此喜联。

饥鸡盗稻童筒打

暑鼠凉梁客咳惊

这副楹联写的是生活中的趣事，因其制作难度较大，常将其附会于名人雅士。有一种说法是：李调元一次正与农家大嫂谈天说地，一群鸡跑来啄食晒场上的稻子，两个挥舞竹筒的小孩把鸡赶走了。大嫂见状，便出上联请李调元答对。正在李感到为难时，偶然发现屋梁上一只正东张西望的老鼠被他的咳嗽声惊跑了，他心中一动，对出了下联。这副楹联构思精巧，情趣盎然，特别是六组同音字字义各异，对仗工稳，是一副绝妙的同音异字楹联。还有人添加事例，将此联加以扩充，如：暑鼠凉梁，唤匠描猫惊暑鼠；饥鸡盗稻，呼童拾石打饥鸡。又作：暑鼠凉梁，请画师笔壁描猫惊暑鼠；饥鸡盗稻，呼童子沿檐拾石打饥鸡。

山童采栗用箱承，劈栗扑篓

野老卖菱将担倒，倾菱空笼

据《坚瓠集》载述：有位先生叫朱亦巢，少年时就善作楹联。某日，朱与老友见村头一儿童手持竹竿，正在劈打树上栗子，栗子纷纷落入树下竹筐。老友触景生情，随口吟出上联。朱沉思良久，无以应对。这时，村中有位老翁挑着两笼菱角，一路叫卖。朱见之喜而对出下联。老友闻之，拍案叫绝。此联之妙，在于末四字既关含义，又是象声。

　　磨砺以须，问天下头颅几许
　　及锋而试，看老子手段如何

　　该联相传为太平天国将领石达开所作，上下联全是反诘语气，诙谐风趣，虽没有明确作答，然其乐观豪迈、气势凛然的联语本身就寓答案于其中了。现在，该联常被用作理发店楹联。

　　鼠无大小皆称老
　　鹦有雌雄都叫哥

　　明朝一财主家请了位私塾先生，见先生年轻，学生时有怠慢，某日向先生请教，出了个刁钻的上联。先生明知学生之意，环视四周，见有一鹦鹉，便从容对出下联。此后，学生对先生大为叹服。

　　天作棋盘星作子，日月争光
　　雷为战鼓电为旗，风云际会

　　明朝朱元璋与刘伯温下棋时，朱元璋出上联，刘伯温对出下联。朱刘之对，各合身份，用词绝妙。另有一联与此类似：天作棋盘星作子，谁人来下；地当琵琶路当弦，哪个敢弹？

　　半醉半醒过半夜

三更三点到三河

《长安客话》记载：元丞相脱脱将赴三河（现为河北省一地名，隶属廊坊市，在北京东部），至宫廷向元主辞别，元主赐宴。至深夜，脱脱站起来说，他明天一早就会走，并随口吟出上联。元主笑说，明天也不必走得太早，并对出下联。脱脱叩谢，尽欢而罢。上联重言"半"字，下联重言"三"字，并嵌"三河"之名。

风吹马尾千条线

雨打羊毛一片毡

朱元璋一次去马苑，让皇太孙朱允炆和第四子朱棣陪同，这时有风吹来，马群扬尾嘶鸣，朱元璋出句道："风吹马尾千条线。"然后着令其二人对句。朱允炆的对句是："雨打羊毛一片毡。"朱棣的对句则是："日照龙鳞万点金。"

炭黑火红灰似雪

谷黄米白饭如霜

明朝弘治皇帝宴请众臣，大学士杨廷和与儿子杨慎赴宴，弘治出上联试杨慎，杨从容答对下联。

小村店三杯五盏，无有东西

大明国一统万方，不分南北

《长安客话》云：明太祖朱元璋与刘三吾微服出游，入市小饮，无物下酒。朱出上联，三吾未能及时对出，恰好店主送酒至，随口对出下联。次日早朝，朱元璋传旨将店主召去，赐官，店主固辞不受。"东西"，在联中指下小酒菜，但它又可表示方向。下联"南北"，正是与其方向之义相对，是为借对。

　　天寒地冻，水无一滴不成冰
　　国乱民贫，王不出头谁是主

　　朱元璋举事前，在大雪天遇到一个叫葛恩的人。交谈中，朱发现葛是个关心民间疾苦的人，便想与他结交，为试其才学，朱即景生情地吟出上联，葛恩听了，望了望朱元璋，对出下联，这句话劝朱出头成大事，朱心中大喜。一次大雪吟联，促使朱元璋起兵反元，最终建立明朝。

　　沽酒欲来风已醉
　　卖花人去路还香

　　清乾隆喜爱楹联，精通诗词。某日，乾隆一行来到江南一酒家门前，闻到酒香飘来，使人欲醉，乾隆信口拈上联让臣子作对。此时恰有一卖花女走过，留下一阵余香，一学士见此景对出下联。

　　扇描黑龙，呼风不能唤雨
　　鞋绣金凤，着地哪堪登天

朱元璋有"楹联天子"的雅称，他的妻子马皇后原出身寒微，但朱元璋称帝后，她便发奋读书。一次，朱元璋退朝后闷闷不乐，马皇后便以朱元璋扇子上的画为题出了上联，朱元璋听罢，觉得马皇后所说乃一精妙上联，全心思对。朱元璋品味皇后的上联，忽见皇后穿着一双绣有金凤的绿色缎面鞋，即对出下联。二人大笑不已，朱元璋也闷气全消。

玉帝行兵，雷鼓云旗，雨箭风刀天作阵
龙王夜宴，星灯月烛，山肴海酒地为盘

　　据说广东人冯进修进京考试，恰遇乾隆雅兴大发，乾隆即出上联，冯成修从容应对，对称严谨，联辞华丽，因而受到乾隆宠爱。整副楹联讲玉帝行兵和龙王夜宴的情景，虽显有夸大其词，但又不给人以不可能的感觉，这就是夸张，夸张而不失真，反而使事物的特点更加突出、鲜明。

十岁儿童当马驿
万年天子坐龙庭

　　相传朱元璋在出巡的时候，碰到一个十多岁的小孩正在执鞭玩耍，模样动作纯真可爱。见此情景，朱元璋信口笑吟出一上联，却没想到这个小孩聪明过人，朗声对出了下联。朱元璋十分高兴，一把抱起孩子，而且还亲切地让小孩叫他干爹。

一弯西子臂

　　《评释古今巧对》上说：朱元璋有次微服出巡，见一读书人在吃藕，顺口出了这个上联。西子，指西施，以"西子臂"比喻莲藕的外形秀巧可人。读书人略一思考，对出了下联，以"比干心"来比喻莲藕多孔的身体，更是传神之笔。比干是商纣王的叔父。《史记》上说，纣王无道，比干多次进谏，纣王非常恼火。他说：我听说圣人的心有七窍，看看比干到底是不是圣人，把比干杀了，挖出他的心来验证一下。后世便有"比干心有七窍"之说。

　　八十君王，处处十八公，道旁介寿
　　九重天子，年年重九节，塞上称觞

　　乾隆五十五年（1790），农历九月九日的重阳节，乾隆一行北巡热河，随行的有纪昀等几位重臣。其中有一位叫彭孙遹的出一上联，想难一难纪昀。此联很有深度，这年正是乾隆八十岁，而十八公喻指万松岭的松树，故将松字拆成"十八公"，与前面的八十正好颠倒换位，纪听后，随即对出下联。帝王所居之所称"九重"，时逢重阳节又称"重九"，也正好与"九重"换位。此句实属难得，非大家不能为之。

　　雪积观音，日出化身归南海
　　云成罗汉，风吹漫步到西天

清朝年间，人称"压倒三江"的王尔烈念完私塾后，父亲叫他到千山玉泉寺谋生当杂工，有空就向有学问的和尚请教诗文之道。冬天大雪后，人们堆个雪人观音，方丈元空以此出个上联让小和尚们属对，大伙你看我我瞅你，摇头摆脑对答不上。站在一旁的王尔烈见状随口对出下联。元空方丈连念阿弥陀佛，当场收王尔烈做了身边的茶童。全联对冬天堆雪人、天空云变罗汉的奇趣进行了形象的描写，犹如身临其境。

汲来江水烹新茗
买尽青山当画纸

此联为清朝郑板桥在镇江焦山别峰庵求学时写过的茶联。郑板桥能诗会画，又懂茶趣、喜品茗，他在一生中曾写过许多茶联，将名茶好水、青山美景融入茶联。在家乡，郑板桥用俚语写过茶联，使乡亲们读来感到格外亲切。其中有一茶联写道："扫来竹叶烹茶叶，劈碎松根煮菜根。"

贾岛醉来非假倒
刘伶饮尽不留零

明时，唐伯虎与友人在会春楼饮酒。酒美人醉，楹联助兴。友人出上联，联中贾岛乃晚唐著名诗人，传有"推敲"典故，此以其姓名谐音"假倒"，说明会春楼酒好、酒醇，喝得醉是真倒而非假倒。唐伯虎竖指称妙，接着吟出下联，联中刘伶乃西晋"竹林七贤"之一，以好酒著称，这里巧用其姓名谐音"留零",说明会春楼酒好,喝得点滴无余。会春楼老板挂上此联,引来不少客人光顾,生意甚好。后来还有不少酒楼沿用它。

> 美酒可消愁,入座应无愁里客
> 好山真似画,倚栏都是画中人

此联是一位名叫区菊泉的人为福州广聚楼所撰。上联之意为:人说"借酒浇愁愁更愁",但在这里却不会如此,何也?酒美之故也。下联则盛赞楼美,到此地如同人在画中游,真是"似仙境,不似人间"。

> 为名忙,为利忙,忙里偷闲,饮杯茶去
> 劳力苦,劳心苦,苦中作乐,拿壶酒来

这是成都的一家酒楼联,联语自然天成似脱口而出,近乎白话,细心品味,人间苦乐情状,可谓淋漓尽致矣。

> 文章高似翰林院
> 法度严于按察司

《坚瓠集》云:常熟人桑民悦以才自负,居成均之时,为丘仲深所屈,遂入书院任教,书此联于明伦堂。翰林院,官署名,清代掌编修国史及草拟制诰等,在其中供职的成员由每年考中的进士选拔。法度,此指学规。按察司,一省主管司法的最高机构。

芝光争车站，求荣反辱面无光

胜保妄谈兵，未胜先骄身莫保

清朝侍学士荣光，因争设津浦铁路车站，受到舆论的谴责。津门某报撰联云：芝光争车站，求荣反辱面无光。该报悬赏征对，应者纷然，佳作有：胜保妄谈兵，未胜先骄身莫保。还有一联：载振为藏娇，千载一时名大振。联语所述均为实事，且与上联工力悉敌，一时传为笑谈。

交宜小心，须知良莠难辨

酒莫过量，谨防乐极生悲

这是一家酒店的楹联。这副楹联既告诉了做人的哲理，又进行了规劝。类似的还有："铁汉三杯软脚；金刚一盏摇头"等等。

得半文天诛地灭

听一情男盗女娼

这副楹联看上去是一副绝妙的清廉衙联，别无挑剔。实则不然，此县衙贿赂者、说情者络绎不绝，县令全部"笑纳"。有亲信提醒他："你难道忘了大堂上那副楹联？"县令说："我没有忘啊，因为我得的不是半文，听的也不止一情啊。"

一庭春雨瓢儿菜

满架秋风扁豆花

此为郑板桥写的一副宅第联。本联立意奇巧,一幅活生生的农家风物倏然跃于纸上。

万寿无疆,普天同庆

三军败绩,割地求和

1894年,中日甲午战争爆发。同年11月,日军侵占大连。败讯传来,正值慈禧太后六十大寿,有人愤然书此联于北京墙上。慈禧垂帘听政,丧权辱国,被尊为"慈禧端佑康颐昭豫庄诚寿恭钦献崇熙皇太后",对此,还有人书联嘲之:"垂帘廿余年,年年割地;尊号十六字,字字欺天。"

酒当吃醉时,笑也真,说也真,露出真机,便带几分仙气

仙到修成后,天可乐,地可乐,得来乐趣,岂止一个酒狂

兰州五泉山武侯殿的酒店联。这副联写得淋漓洒脱,不遮不掩,将酒醉后的真情袒露无余,言外之意是在说:人间真情是在酒醉之后。

茅屋八九间,钓雨耕烟,须知富不如贫,贵不如贱

竹书千万字,灌花酿酒,可知安自宜乐,

闲自宜清

此联系邓琰自题宅第联。联句文辞奇妙，不如说作者思想超凡，无深远的心境，很难写出如此好句。

本非正人，装作雷公模样，却少三分面目

惯开私卯，会打银子主意，绝无一点良心

清朝同治年间，四川某县县官姓柳名儒卿，欺上瞒下，横行不法，人称其为"柳剥皮"。有人便用他的名字作了这样一副拆拼式楹联送给他。上联拆隐"儒"字，因为"儒"字可拆为"亻、雨、而"三部分："亻"——非正人，雨——装作雷公模样，而——却少三分面目（面去三为而）；下联拆隐"卿"字，"卿"字可拆为"卯、艮"两部分，"卯"——惯开私卯，"艮"——绝无一点良心（良去点与艮近似）。借对"儒卿"二字的拆析与描画，贬斥"儒卿"的阴险歹毒，字字句句鞭挞入里。这副楹联既是一则谜语，也是拆拼联中的绝妙之作。

前年杀吴禄贞，去年杀张振武，今年杀宋教仁

你说是洪述祖，他说是赵秉钧，我说是袁世凯

这是章太炎先生目睹袁世凯篡政后，对辛亥革命党人残酷镇压而深表愤慨之作。全联别出心裁，交错纵横地整镶

了六个人的名字，把最为典型的历史事件穿插在楹联之中，构思精巧，使袁世凯之面目暴露无遗。

> 纸白字黑，酸甜苦辣咸五味皆有
> 杆硬尖软，采晒炒切炙百合俱全

明朝一名姓郝的知府看了李时珍开的处方，出上联。当时，李时珍把开处方用的毛笔拿在手中对道："杆硬尖软，采晒炒切炙百合俱全。"这是一则"味"联佳话。从前，某地城隍庙有一联："泪酸血咸，悔不该手辣口甜，只道世间无苦海；金黄银白，但见了眼红心黑，哪知头上有青天。"五味对五色，对那些心甜手辣、作恶多端的伪君子大加斥责。

> 三鸟害人：鸦、鸽、鸨
> 一群祸国：鹿、獐、螬

五四运动时期，曾出现这样一副楹联，联中的"鹿、獐、螬"谐音指陆宗舆、章宗祥、曹汝霖三个卖国贼。

> 万箭射猪身，看妖精再敢叫不
> 一刀斩羊颈，问畜牲还想来么

清代义和团活动时期，常用的一副反抗帝国主义侵略的宣传漫画，名为《射猪斩羊图》，此联为漫画题联。

寸土为寺，寺旁言诗，诗曰："明月送僧归古寺"

　　双木成林，林下示禁，禁云："斧斤以时入山林"

　　一位相国小姐很有文才，立志要嫁一个才子，条件是要对上她的上联。上联中，"寺"和"诗"都用两个相连的字组合而成，最后一句唐诗，"月"又是"明"字拆开的。后来一位姓林的书生对出下联。相府小姐很满意，几经周折，与之结为夫妻。

　　兄弟三人，酒癖赌癖烟癖

　　田园万顷，今年明年后年

　　此联为民间流传的楹联。清朝时，某富贵之家有三个儿子，这三个儿子酗酒、赌博、吸大烟，虽然家有田园万顷，但不到三年就被他们败光了。因此，有人以此事撰此联，以警示儿孙。

　　宝剑锋从磨砺出

　　梅花香自苦寒来

　　这可能是最为妇孺皆知的自勉联了。宝剑的锋刃是经过磨砺而出，梅花的幽香是忍受了自然的严寒而生，两种平常之事理，道出人生事业之艰辛，以物喻人，风格独特，极富哲理。

一行朔雁，避风雨而南来

万古阳乌，破烟云而东去

南宋著名理学大师朱熹出上联，南宋学者陈孔硕的儿子陈铧对下联，上下联都借秋天的雁群而表明志向。

自古雄才多磨难

从来纨绔少伟男

宋朝吕蒙正自幼出身贫寒，始终奋发图强，后来三次拜相，功勋卓著。相传此联为他年少时为自励所作。

看个见姑且听之，何须四处钻营，极力排开前面者

站得高弗能久也，莫仗一时得意，挺身遮住后来人

此联为戏台两边的楹联，语意双关，辛辣地讥讽了当时官场上四处钻营、踩着别人向上爬的丑陋之人。相类似的楹联有："无端鼓角齐鸣，插雉尾，着龙袍，称霸称王，试问风光能几日？不觉鬼魔现象，假头衔，戴面具，非牛非马，焉知世上少斯人。"

励志题赠联

励志题赠联在楹联历史上更占有不可或缺之一席，以联警己醒世，以联传情赠友，古往今来，屡见不鲜。或借古喻今，或托物抒怀，或发天地人之感慨，或言真善美之心声；或互相勉励，或寄托情思，或言明白事理，或诉景仰思慕之情。励志题赠引申更多更广，一路看去，陡生豪情，渐长明智。

博济群伦挺身为民主，惊传凶讯增悲痛

发扬正义飞楫载和平，岂意黑茶赋招魂

1946年4月8日，博古、叶挺、邓发、王若飞等一行十三人由重庆回延安途中，飞机不幸在山西兴县黑茶山失事。噩耗传来，全国震悼，该联是八路军西安情报处的同志写的一副楹联，联中的"博、挺、发、飞"分别为上述四人名之省嵌。

贵有恒，何必三更起五更睡

最无益，只怕一日曝十日寒

这是毛泽东改写学者胡居仁原联的一副楹联，旨在勉励自己在学业方面要持之以恒，逐渐积累，并对忽冷忽热的学习态度和方法提出警戒，这是对待学习的科学态度和方法。

有志者事竟成，破釜沉舟，百二秦关终属楚
苦心人天不负，卧薪尝胆，三千越甲可吞吴

　　清代著名文学家蒲松龄屡次参加科举考试不中，逐作此联自勉，联语先议后叙，匠心独运，巧用"破釜沉舟""卧薪尝胆"两个成语典故，抒发自己发愤攻读、著述，成就事业的远大志向。

学如逆水行舟，不进则退
心似平原走马，易放难收

　　该联以"逆水行舟""平原走马"两件具体的事件，来比喻"学"和"心"这两件难以捉摸的事物，使学习之艰难与心之易放纵变抽象为具体、模糊为清晰，比喻贴切，富于哲理。

人生惟有读书好
天下无如吃饭难

　　袁枚《随园诗话》记载：清乾隆进士蒋起凤曾作诗，有"人生只有修行好，天下无如吃饭难"之言，后不知何人将其改作此联。此联仅将蒋联之"只"改作"惟"、"修行"改作"读书"，境界便大不相同。此种将别的诗词联句改动一下便出新意者，谓之"脱化"。"人生"二字，或作"世间"。"间"与"下"均为方位词，对得更工整。但世间即是天下，有合掌之嫌，似又不可取。

板凳要坐十年冷

文章不写半句空

　　当代著名历史学家范文澜写过这样一副楹联。此联语通俗如话，却寓意深邃，发人深思，告诫人们学习要有刻苦精神，文章要从实处着笔。

绳锯木断

水滴石穿

　　毛泽东赠堂妹毛泽建联，鼓励她刻苦学习，持之以恒。

年难过，年难过，年年难过

事必成，事必成，事事必成

　　1921年冬，陈毅同志在法国因为闹学被法国政府遣送回国，过春节时给自己家里写了这样一副楹联，表现出青年时代的陈毅忧国忧民的情怀。

铁肩担道义

辣手著文章

　　明代杨继盛因弹劾奸相严嵩，无辜被杀，临刑前写了这副楹联，以示不畏强暴。1916年，李大钊书赠杨子惠一副楹联，乃是翻造此联而成："铁肩担道义；妙手著文章。"该联仅易一字，却足以抒己志，又勉友人奋发向上，新意顿生。

虚心竹有低头叶

傲骨梅无仰面花

此是清朝郑板桥题《竹梅图》时的楹联，以此联颂竹梅，旨在颂人品。上联抓住竹之特征，赞誉其谦虚的美德；下联刻画梅之精神，歌颂其不奉迎阿谀的正气。

事能知足心常惬

人到无求品自高

明代诗人、画家陈献章作的自勉联，从事物的两个方面着笔，上联言事宜知足，下联言人贵无求，两者是立身处世之准则。作者将联中"知足""无求"使其思想巧妙铺开，贴切，又近于情理，为其方显其作品之高雅。

红芋包谷蔸根火，这种福老夫所享

齐家治国平天下，那些事小子为之

清代名臣陶澍十二三岁的时候，在自家门口贴了一副春联，即为此联。出语不凡，小小的一副楹联，映出一个人的志趣、理想和抱负。陶澍长大后果然大有作为。

落花扫仍合

丛兰摘复生

梁武帝时代的刘令娴，是位才女。她哥哥刘孝绰被罢官后出一联："闭门罢庆吊；高卧谢公卿。"刘令娴见后即作此联，以安慰、鼓励哥哥。

> 夜浴鱼池，摇动满天星斗
> 早登麟阁，力挽三代乾坤

洪秀全少年时，在星光灿烂的夜晚游泳，口吟此联，颇见雄心大志。最后，他果然成为农民起义领袖。

> 雨过月明，顷刻呈来新世界
> 天昏云暗，须臾不见旧江山

李自成十六岁时，老师出上联，李自成对下联。小小年纪，想推翻"旧江山"的抱负一目了然。

> 家少楼台无地起
> 案馀灯火有天知

这是清朝林则徐的自勉联，上联写幼时家境之清贫，下联写治学的刻苦精神，发人深省。

> 何物动人，二月杏花八月桂
> 有谁催我，三更灯火五更鸡

这是清代乾隆进士彭元瑞写的一副自勉联，上联借用比兴手法，点出了春杏秋桂乃人间动人之物，从而引出下联，读书治学的好时光应倍加珍惜，不可虚度。

> 未出土时便有节

及凌云处尚虚心

这是清朝郑板桥描写竹子的一副楹联，后来常为人用以表达精神高洁、虚怀若谷、谦虚谨慎的品质，也是一副经典的自励联。

山阻石拦，大江毕竟东流去
雪辱霜欺，梅花依旧向阳开

此联来历不详，它赞扬了梅花坚贞不屈的品格。此联现题于湖北省武汉市东湖磨山景区的"一枝春馆"，这里是中国梅花研究中心对外传播文化的基地，馆名出自南北朝诗人陆凯"江南无所有，聊赠一枝春"的名句。

人到万难须放胆
事当两可要平心

此联是著名画家张大千所作，言简字工，精练空灵，立意深远，充满哲理色彩，具有很高的启迪作用，且以平俗之辞见高远境界，乃立身立世之大格言。

吃苦是良图，做苦事，用苦心，费苦劲，苦境终成乐境
偷闲非善策，说闲话，好闲游，做闲事，闲人就是废人

此联系革命烈士李甲秾所作，是对生活经验的总括，富有哲理。上联连用五个"苦"字，最后以"乐"字透出；下联连用五个"闲"字，最后推出一个"废"字，用心独到，说明人世间苦尽甜来、光阴难买的深邃道理。

远富近贫，以礼相交天下少

疏亲慢友，因财而散世间多

此为清代鄂比赠好友曹雪芹联，全联巧用反义词相对，旨在使读者明了褒贬之意，同时也可以看作是作者对曹的赞颂。

安危他日终须仗

甘苦来时要共尝

为避免相互之间意见日深，自行削弱革命力量，给敌人以挑拨离间的机会，一生甘当配角的黄兴决定离开日本，远赴美国，让孙中山能够自由行事不受牵绊。1914年6月27日，孙中山设宴与他叙别，并赠此联。

海纳百川，有容乃大

壁立千仞，无欲则刚

清朝林则徐自题于书室，此联广为流传。

世事如棋，让一着不为亏我

心田似海，纳百川方见容人

南京莫愁湖有一"胜棋楼"，后人在此写下了难以数计的棋楼联，此为其中一联，以棋局喻世事，劝告人们心胸要开阔，能让则让，对人如海纳百川一般。

春随香草千年艳

人与梅花一样清

徐霞客自题小香山梅花堂联，以梅花自比，格调清丽，堪称一时名联。

两字让人呼不肖

一生误我是聪明

此联相传为张学良自撰联。两字，即"不肖"，此将"不肖"置后，是为同位语倒装。"九一八"事变，蒋介石令张学良不得抵抗，并退出东北，张为执行命令而深感痛悔，上联即反映此种心情。下联则为后来发生的西安事变所证明，即轻信蒋介石的"诺言"而遭终身软禁，此将"聪明"置后，亦是倒装。

此地之凤毛麟角

其人如仙露明珠

蔡锷赠小凤仙联，上下联嵌有"凤仙"二字。

不幸周郎竟短命

早知李靖是英雄

此联为小凤仙挽蔡锷联。上联以蔡锷比周瑜岁在青年而夭，又暗喻袁世凯是曹操；下联将自己比作红拂，将蔡锷比作李靖。全联用典贴切、自然，令人联想古人之余亦发感慨。

> 月白风清其有意
> 斗量车载已无名

此系清朝许宗彦于殁前三日自撰挽联，可谓了然于去来者矣。

> 遗失慕庄周，睡去能为蝴蝶梦
> 学诗类高适，老来始作凤凰鸣

清朝吴步韩自寿（即吴步韩本人作寿联自祝）。

> 四镇多贰心，两岛屯师，敢向东南争半壁
> 诸王无寸土，一隅抗志，方知海外有孤忠

1662年，郑成功收复台湾，并据台湾为战，拒不降清，三十九岁时因病逝世，此为清朝皇帝康熙挽郑成功联。几十年后，康熙帝从郑成功的孙子郑克爽手中得到台湾。

> 列为无产者
> 宁不革命乎

此联是邓小平同志为士兵所撰，采用流水对，仅十字，

并在联中嵌"列宁"二字，充分表现了作者远大的胸怀和坚定的信念。作者运用了否定句询问的形式表示肯定的答案，为反问句式的另一种。

　　常恨随陆无武，绛灌无文，纵九等论交到古人，此才不易

　　试问夷惠谁贤，彭殇谁寿，只十载同盟有今日，死后何堪

　　此联是孙中山挽黄兴联。《晋书·刘元海载记》："常鄙随、陆无武，绛、灌无文。"指随何、陆贾、绛侯周勃、灌婴同是辅刘邦的大臣；"九等"，古代将士分为九品；夷惠指伯夷、柳下惠等古贤人；"彭殇"，指彭祖、殇子。作者旨在挽黄兴，却以古人兴亡衬之，实旨未写古人，"此才不易"褒在黄兴。下联写彭祖之寿，只在惋惜黄兴之青春夭折。作者情感悲绝，可谓一字一泣也。

中天合观高寒，但见白日悠悠，黄河滚滚
东京梦华销尽，徒叹城廓犹是，人民已非

　　康有为题开封登龙亭。

经典长句联

纵观联海，山水名胜、园林寺庙的楹联联幅较长的为多。按传统的说法，清代孙髯写于云南滇池大观楼、上下联共一百八十字的一副楹联号称"天下第一长联"。其实比该联长的还有很多，据不完全统计，一百八十字左右的楹联只能排在五十名左右。大观楼联之所以长期被称为"天下第一长联"，主要是因其出现得较早，也较早被介绍（梁章钜《楹联丛话》），故而名闻遐迩。在此我们择选几个经典长句楹联，以飨读者。

五百里滇池，奔来眼底。披襟岸帻，喜茫茫空阔无边。看：东骧神骏；西翥灵仪；北走蜿蜒；南翔缟素。高人韵士，何妨选胜登临。趁蟹屿螺洲，梳裹就风鬟雾鬓。更频天苇地，点缀些翠羽丹霞。莫辜负：四周香稻；万顷晴沙；九夏芙蓉；三春杨柳。

数千年往事，注到心头。把酒凌虚，叹滚滚英雄何在。想：汉习楼船；唐标铁柱；宋挥玉斧；元跨革囊。伟烈丰功，费尽移山心力。尽珠帘画栋，卷不及暮雨朝云。便断碣残碑，都付与苍烟落照。只赢得：几杵疏钟；半江渔火；两行秋雁；一枕清霜。

此联见于云南昆明滇池大观园楼，为清朝孙髯题，经典长联之一。

跨蹬起岑楼，既言费文伟曾来，施谓吕绍先到此，楚书失考，竟莫喻昉自何朝。试梯山遥穷郢塞，觉斯处者个台隍，只有祢衡作赋，崔颢作诗，千秋宛在；追后游踪宦迹，选胜凭临，极东连皖豫，西控荆襄，南枕长岳，北通申息，茫茫宇宙，胡注非过客蘧庐。悬屋角檐牙，听几番铜乌铁马；涌蒲帆挂楫，玩一回雪浪霜涛。出数十百丈之颠，高凌翼轸，巍巍岳岳，梁栋重新，挽倒峡狂澜，赖诸公力回气运。神仙浑是幻，又奚必肩头剑佩，画里酒钱，岭际笛声，空中鹤影。

蟠峰撑杰阁，都说辛氏垆伊始，那指鲍明远弗传，晋史阙疑，究未闻建从谁手，由战垒仰慕皇初，想当年许多人物，但云屈子离骚，鬻熊遗泽，万古常昭；其余创霸图王，称威俄顷，任成灭黄弦，庄严广驾。共精组练，灵筑章华，落落豪雄，均归于苍烟夕照。惟方城汉水，犹记得周葛召棠；便大别晴川，亦依然尧天舜日。偕仇兆群伦以步，登耸云霄，荡荡平平，棋枪尽扫，观丰功骏烈，贺而今曲奏承平。风月话无边，赏不尽郭外柳阴，亭阑枣实，洲前草色，江上梅花。

此联见于武昌黄鹤楼，作者潘烈炳。

几层楼独撑东西峰，统近水遥山，供张画谱。聚葱岭雪，散白河烟，烘丹景霞，染青衣雾。时而诗人吊古，时而猛士筹边。最可怜花蕊飘零，早埋了春闺宝镜。枇杷寂寞，空留着绿野香坟。对此茫茫，百感交集。笑憨蝴蝶，总贪迷醉梦乡中。试从绝顶高呼：问问问，这半江月，谁家之物？

千年事屡换西川局，尽鸿篇巨制，装演英雄。跃冈上龙，殒坡前凤，卧关下虎，鸣井底蛙。忽然铁马金戈，忽然银笙玉笛。倒不若长歌短赋，抛撒些闲恨闲愁。曲槛回廊，消受得好风好雨。嗟予蠢蠢，四海无归。跳死猢狲，终落在乾坤套里。且向危梯首：看看看，那一块云，是我的天。

钟云舫题成都望江楼公园崇丽阁。作此长联的老先生钟云舫，生于清朝，是重庆人。他在老家江津县临江楼题此联，号称中国第一长联。这位老先生另外还有长联：《江津临江楼联》和《六十自寿联》。

谁说桃花轻薄？看灼灼其华，为多少佳人增色。滴清清玉露，羡万株艳蕾流霞。无何春杳莫飞，终究鸾枝坠果。于是平仲设谋，东方窃窦，王母宴宾，刘郎题句。况核仁制药，能疗痼疾佐岐黄；枣干充刀，可借印符驱厉鬼，准握天机珍丽质，也知季节让群芳。寄言秋菊冬梅，慎勿盲从徒毒友。

我夸福地妖娆，眺青青之岭，添哪些琼阁浮云。有濯濯明湖，收十里嘉林入画。似新尘消宇净，因恩驾鹤凌空。难怪闻山揽胜，高举怡情，秦村访友，碑院挥毫。若清节复生，定唤渔夫回绝境；灵均再世，必歌今日过前朝。莫悲红雨落幽溪，又续风骚垂奕叶，方信凡夫俗子，不须羽化亦登仙。

此联见于湖南省桃花源风景区桃川宫，作者是现代人昌世军，现代经典长联之一。

一联何奇？杜少陵五言绝唱，范希文两字关情，滕子京百废俱兴，吕纯阳三过必醉。诗耶？儒耶？吏耶？仙耶？前不见古人，使我怆然涕下；

诸君试看，洞庭湖南极潇湘，扬子江北通巫峡，巴陵山西来爽气，岳阳城东道崖疆。渚者！流者！峙者！镇者！此中有真意，问谁领会得来？

此联为何绍基所撰。楼指的是岳阳楼，作者用问答手法指点江山，写出了洞庭湖的山川形势、地理环境；借助名人典故、名人诗文名句、传说逸事，描情绘景，抚今追昔，抒发作者情怀，内涵十分丰富；运用极富表现力的排比法，从各个角度有层次地反映岳阳楼的传说佳话和四周形势景象，揭示了岳阳楼著名和雄伟奇特的缘由。

常如作客，何问康宁，但使橐有余钱，
瓮有余酿，釜有粮，取数叶赏心旧纸，放浪
吟哦。兴要阔，皮要顽，五官灵动胜千官，
过到六旬犹少；

　　定欲成仙，空生烦恼，只令耳无俗声，
眼无俗物，胸无俗事，将几枝随意新花，纵
横穿插，睡得迟，起得早，一日清闲似两
日，算来百岁已多。

　　郑板桥的"六十自寿联"，是楹联发展史上的经典
长联。

绝对应征联

　　应征联，也叫"征联""半联"，从广义上来讲，即一
方悬出上句，一方作出对句而合成的楹联即为征联。征联
极具社会性，其社会反响较大，至于个人之间的私下邀联，
应属应答联范围，不属征联的范畴。古时一般为名家出对，
悬而未决，更有悬至今日尚无人能对者；现在多指官方、团
体、厂矿、个人，或为庆祝节日或为弘扬精神，或为宣传产
品，悬以上联，或通过新闻媒介出出句，向社会征集对句。

我们将至今无人能对之联略例于此，一来同享，二来同想。

（无上联）

皮背心

皮背心，内衣名。三个字又分别是人体的三个部位。

秋千已荡千秋久

（无下联）

秋千，一种民间体育运动，相传是春秋时齐国由北方山戎传入。迄今已有两千多年历史，故云"秋千已荡千秋久"，同时"秋千"与"千秋"互相倒置；秋、久同韵。

（无上联）

香香两两

此联为宋朝朱熹所出。意为：芳香的香料二两。

（无上联）

龟鹤延年

嵌名联，省嵌手法。分别嵌入李龟年（唐朝乐师）、李鹤年（唐朝乐师）、李延年（汉朝乐师）三个人的名字，三人同姓，均为乐师，全联又为祝寿用语。

易容容易

（无下联）

此联为回文联，正读反读都一样。其中，"易容"为改变容貌的意思。

古文故人做

（无下联）

双重合字联。"古文"合成"故"字。"故人"又合成"做"字。意思也通顺自然。

（无上联）

一秦半春秋

据说秦始皇统一文字时，曾问秦字改为何字。有人建议春秋各半字，其意暗指秦足以抵得上半世春秋。此联之难在于"秦"为朝代，"春秋"亦为朝代，而"秦"字又恰为"春秋"两字的一半。

吴刚挥斧，可得多少月薪

（无下联）

"月薪"双关，既指吴刚砍下的柴火，又指他能得多少月收入。

（无上联）

黄庭坚书黄庭经

黄庭坚为宋朝诗人及书法家，《黄庭经》是道家典籍之一。

大名小磨香油油香磨小名大

（无下联）

大名，河北省邯郸市大名县，该县出产的小磨香油，是传统特产，古今驰名。该联亦为回文联。

妆罢低声问夫婿，念奴娇否

（无下联）

"奴"，女人自称，"念奴娇"又是词牌名。

本庄满清平，打出二张一万

（无下联）

近代半联，揭露日本帝国主义侵略阴谋，全联又是麻将术语。

日本有罪，因此后羿射，夸父追，蜀犬吠

（无下联）

日，太阳；本，本来。此联讲了三个典故：后羿射日、夸父追日，蜀犬吠日。

切切不能一刀切

（无下联）

"切切"，务必之意。"刀"字系"切"的偏旁。此出句还有一个版本"切切不能一切一刀切"，应对难度更大。

贫僧过江不用船，自有法度

（无下联）

符合禅理，且嵌进"法度"一词。

（无上联）

农行行，行行行

此联系中国农业银行浙江省分行1999年悬联，向海内外公开征联，并对最佳应对者许以"一字千金"的奖励承诺，但至今数千封应信无一能完全应对。"农行行，行行行"，第一个"行"，指银行。第二个、第五个"行"，意思是好、不错。第三、第四个，意思是行业。全联意思是：农业银行发展好了，各行各业都会有发展。其中关键字是"行"，一字双音，一字三义，应对难度极大。

吾同子吃梧桐籽

（无下联）

此出句中，"吾同子"与"梧桐子"同音，同时又分别是"梧桐籽"的偏旁。"吾同子"，是"我和儿子"或"我和你"的意思。

寂寞寒窗空守寡

（无下联）

出句是一副古联，据说是一大家闺秀，及笄之年向求婚者悬一副联。声言谁若对上此联，便许出嫁。当时无人应对，其女也"寂寞"而死。近人曾对"惆怅忧怀怕忆情""俊俏佳人伴伶仃"，但平仄及用词仍欠妥。

明月照纱窗，个个孔明诸葛亮
（无下联）

前些年，澳门楹联学会的两位会员曾联合悬赏，出句为此。相传此联为清代乾隆时期大学士纪晓岚所出，原联中无"明"字，后来有好事者为增其难度、添其情趣，又在句首增加了一个"明"字，遂使其历经三百年却未获佳偶，终成今日我们所见的绝对。

凤凰台上凤求凰
（无下联）

凤凰台，李白《登金陵凤凰台》诗中有"凤凰台上凤凰游，凤去台空江自流"之句。凤求凰，凤凰中雄为"凤"，雌为"凰"，同时，《凤求凰》又是古琴曲，司马相如曾以此曲表达对卓文君的爱慕。

子女好大人可倚
（无下联）

流传很广的民间楹联。"子女"合成"好"字，"大人可"合成"倚"字。意思：儿女孝顺，做父母的就有所依靠。

钟鼓楼中，终夜钟声撞不断

（无下联）

鼓既为动词，又联"鼓楼"成为名词。

霜降降霜，儿女无双双足冷

（无下联）

清朝某落魄文人，于霜落之日以"谐音"撰此联。

江氏在江亭追悼江西江县令

（无下联）

清末光绪年间，江西南昌知县江某主持正义，被洋教士所杀，全国为之愤然。北京名流江亢虎在陶然亭为江知县举行追悼会。当时曾有人作一上联求对，至今无人能续。

大凉山山山小，小凉山山山大，不论大山小山，都是锦绣河山

（无下联）

四川彝族居住地在大凉山、小凉山，大凉山占地面积远不如小凉山，此联堪称一绝。

今夕何夕，两夕已多

（无下联）

民国初年，有人作此拆字联，至今无人能对。

一杯清茶，解解解元之渴

（无下联）

第一个是解除的"解"，第二个是姓"解"，第三个是解元的"解"。

一孤舟，二客商，三四五六水手，扯起七八二页风篷，下九江，还有十里

（无下联）

相传明朝嘉靖年间，江西状元罗洪先乘船过九江，被船夫出此联难倒。

炭去盐归，黑白分明山水货

（无下联）

炭黑，出于山中；盐白，出于水中。

今世进士，尽是近视

（无下联）

此为清朝同治、光绪年间流传的一副上联，至今无下联。

岑溪山水今奚在

（无下联）

广西壮族自治区有一地名"岑溪"，"岑溪"二字恰好

拆为"山、水、今、奚"。

望天空，空望天，天天有空望空天

（无下联）

从前，杭州有位科场失意多年的举子，这一年又名落孙山而归，特地到钱塘江畔六和塔，登塔凝望，在悲观失望中于塔壁书一上联，下联一直无人对出。

无情对

无情对，又名羊角对，要求上下联的平仄与对仗相合，字面对仗愈工整愈好，两边对的内容隔得越远越好。无情对必须逐字相对，上下联必须丝毫不相干，具备极强的歧义效果，以达到让人会心一笑或拍案叫绝的效果。

树已半寻休纵斧

果然一点不相干

一天，张之洞在陶然亭会饮，以一句诗"树已半寻休纵斧"为上句，张对之以"果然一点不相干"，另一人则对以"萧何三策定安刘"。上下联中"树""果""萧"皆草木类，"已""然""何"皆虚字，"半""一""三"皆数字，"寻""点""策"皆转义为动词，"休""不""定"

皆虚字，"纵""相""安"皆虚字，"斧""干""刘"则为古代兵器。尤其是张之洞的对句，以土语对诗句，更是不拘一格。此联是无情对的典范。

五月黄梅天

三星白兰地

新中国成立前，上海一家报纸悬高奖出上联征对：五月黄梅天；联坛妙手各逞文思，纷纷应征。结果出人意料，金榜获选的下联却是："三星白兰地"。原来这是酒厂老板在报纸上别出心裁地做广告。"五月"对"三星"，"黄梅天"对"白兰地"，字字工整，可意思却风马牛不相及。征联活动使"三星白兰地"酒名声大振，也使"无情对"广为人所知。

皓月一盘耳

红星二锅头

这是最近流行于互联网上的无情对，"皓月一盘耳"，是一个感叹句，意思为：皎洁的月亮，像一个圆盘一样。下联却是北京产的一种白酒名。

珍妃苹果脸

瑞士葡萄牙

光绪帝和珍妃所对。珍妃人长得比较丰腴，所以光绪帝讲她苹果脸；珍妃则以两国名相对。珍、瑞同是祥称，妃、士是人称，苹果、葡萄皆水果，脸、牙是人体部位。珍妃如未早夭，可谓无情人中柳如是。

五品天青褂

六味地黄丸

苏州人陈见三，曾经是一名药商，后来出钱捐了个同知。每逢年节喜庆之日，他便穿上五品官服，甚为得意。一日，在宴席上，陈见三与某人高谈阔论。席间，他指着自己身上的官服出一上联以求对。那人知道陈见三曾为药商，于是对出下联以讽之，讥笑陈见三虽着官服，却实为药商。

赐同进士出身

替如夫人洗脚

曾国藩和其夫人所对。上联指封诰，曾国藩为赐同进士出身；下联为其夫人随口所对。但字字相对，其中妙趣各位须眉当深有心得。

两台电脑无磁盘

一片冰心在玉壶

此联上联为电脑店广告，下联为王昌龄句。

欲慰苍生须作雨

相思黄疸急惊风

谭延闿有次与幕僚游山，幕僚出了两个无情对想难倒谭，但都被谭出奇制胜，对得天衣无缝。第一对是出的古诗"欲慰苍生须作雨"，谭对的是"相思黄疸急惊风"，用三种病名，真是妙趣横生。

高心夔
矮脚虎

吴县知县高心夔举行童试，有人学赞礼高喊："高心夔。"一个童生应声："何不对《水浒传》中的矮脚虎？"矮脚虎，即梁山好汉王英的绰号。高心夔听了不但不生气，还连声赞好。

公门桃李争荣日
法国荷兰比利时

此联为清末何淡如所作。上联为唐诗，对句是三个国名，对得工巧，令人叹服。

庭前花始放
阁下李先生

上联是院中花开的景象，下联则是人文称呼，句意相去甚远。但仔细分析就会发现，上下联的每一个字都对得异常工稳。"庭"与"阁"为宫室小类工对，"前"与"下"同为方位词，"花"与"李"同属植物类，"始"与"先"同为副词作状语，"放"与"生"则是动词相对。字字工对却意远千里，这正是无情对的妙处。

色难

容易

明成祖朱棣曾对文臣解缙说："我有一上联：'色难'，而甚难其对。"解缙应声答："容易。"朱说："既云易矣，何久不对？"解说："臣适已对了。"朱始恍然。"色难"，既面有难色之意。"色"对"容"，"难"对"易"，实乃精巧之无情对。

妹妹我思之

哥哥你错了

这是一副风格奇特的无情对。说的是清朝某年科考，试题中有句："昧昧我思之"，一考生粗心将"昧"字写成"妹"字，评卷先生见此，不禁失笑，于是顺手批曰："哥哥你错了"。此联奇中见奇，考生误将"昧"置成"妹"，音同而意迥，可谓差之毫厘，谬之千里。奇在阅卷先生将错就错顺水推舟，竟以妹妹身份出现，称此考生为"哥哥"以戏之，宛若含羞怯之意曰"你错了"。无情之格中含有情之态，真乃楹坛之佳品。

陶然亭

张之洞

"张"对"陶"，皆为姓；"之"对"然"，是虚词；"洞"对"亭"，乃物名，字字成对而联意又极"无情"，情趣却也由此而生。

唐三彩

清一色

上联为古工艺，下联为麻将番目。"唐"对"清"，朝代名相对。

太傅马甲

宫保鸡丁

清末，曾国藩赏赐黄马甲加太子太傅，一日，大宴诸客，有人指其马甲出上联，一客指桌上一菜"宫保鸡丁"而对。

鸡冠花未放

狗头叶先生

龚明之《中吴纪闻》载："有叶先生出联：鸡冠花未放；有人对：狗头叶先生。"字词相对，而意则各不相干。前句本为主谓句，表意为鸡冠花尚未开放，而对句成了偏正结构句，狗头成了叶先生的外号，与叶先生开了个玩笑。

一阴一阳谓之道

此时此夜难为情

此联相传为纪晓岚所作的讽刺无情对，其中上联为《周易》中句子，下联为李白诗《三五七言》中的句子。

玻璃对

玻璃对，又称"对称对"，特点是上、下或左、右字形结构基本对称一致。这样的字用篆书写在玻璃上，无论正看、反看，字体均相同，如"美""景""赏""出"等字。

山中日出

水里风来

清代梁章钜《楹联续话》中说：吴山尊学士，始出意制玻璃联子。一片光明，雅可赏玩。玻璃联因用篆字书于玻璃上，选字必须要求对称统一，以达正反如一。这副楹联，简练精短，用词严谨，而且符合玻璃对的基本要求，是一副极妙的绝对。

文同画竹两三个

丁固生树十八公

此联载于清人李伯元的《南亭四话》，联语中的"文同"为宋代大画家，以善画竹和山水著称。"两三个"是指竹叶，恰似"个"字。"丁固"为三国时吴国人，初仕尚书，因梦有松树生于腹上，便对人说："松字拆开乃十八公也，再过十八年我当为公。"后来果然官至司徒（汉时称司马、司徒、司空为三公）。此联不仅反正皆宜，且用典自然，可称形式与内容完美统一。

金简玉册自上古

青山白云同素心

此为吴山尊学士巧构的一副脍炙人口的玻璃对联，它简练精短，用词严谨，是一副高妙的巧对。

北风云山开画本

东山丝竹共文章

清末文学家陈蝶仙曾住"蝶庄"于杭州西湖，其喜爱镜子，廊间挂有不少长镜，许多镜中用正反相同的汉字撰联相映，蔚为奇观，真是名副其实的"相映成趣"！此联为其女陈小翠所撰，这种映联入镜的艺术表现手法与直接书联于镜有异曲同工之妙。

山水林田，至营口宜赏美景

桑蚕米果，出盖县富甲关东

此联为1990年辽宁营口市环保局等单位联合征联：出句写营口市的环境特点，对句写盖县（营口市辖县）的农土特产。对句在句式、词性等方面与出句基本相对，用玻璃对式相对，实属不易。东，东。

简言之，回文对其实是两头都可以念的对子。

> 艇为屋来屋为艇
> 船是家来家是船

中国香港地方很小，古时是一个渔港，寸金之地，有些人只能以床为家，以船当屋，有人写下此联。

> 画上荷花和尚画
> 书临汉帖翰林书

在对称回文中，有一种谐音回文，其文字虽不能倒排，但字音倒读却与顺读一样。这副由明朝才子唐寅所作的谐音回文联堪称经典。

> 客上天然居，居然天上客
> 僧过大佛寺，寺佛大过僧

这是清朝长沙名店"天然居"大门两侧的一副楹联，如此回文妙对，堪称一绝。

> 风送花香红满地
> 雨滋春树碧连天

这副写景楹联把春风吹拂，红花送来阵阵花香，细雨滋润春树，大地一派澄清的盛景描绘得很细腻生动。如果将该联倒读，则为："天连碧树春滋雨；地满红香花送风。"联意则变成了蓝天连碧树，春景润春雨；大地红香满，花儿随风舞。我们仿佛能够感觉到春雨春风中送来的阵阵清香。此种联称为反复回文。这种楹联顺读倒读往往会产生联意上的不同。

其他经典回文联：

雾锁山头山锁雾
天连水尾水连天

雪岭吹风吹岭雪
龙潭活水活潭龙

凤落梧桐梧落凤
珠联璧合璧联珠

油灯少灯油
火柴当柴火

静泉山上山泉静
清水塘里塘水清

暮天遥对寒窗雾
雾窗寒对遥天暮

药名对

谁也离不开医药，所以中国人都懂得些中草药，个个都叫得出一些药名，于是连戏剧、小说、说书、故事、笑话，都少不了药名诗、药名词、药名曲、药名赋、药名谜、药名联。药名联和药名诗词曾是我国古代文学中最辉煌的一页。跟药名诗词一样，历史上也留下了许多经典药名楹联。

> 灯笼笼灯，纸壳原来只防风
> 鼓架架鼓，陈皮不能敲半下

中药名巧对。"纸"谐"枳"，"下"谐"夏"。

> 稚子牵牛耕熟地
> 将军打马过常山

上联讲"稚子耕地"，下联说"将军打马"，对仗工整。"常山"，今河北正定，三国名将赵云的故乡。全联包含了六种中草药，即稚子（谐音"栀子"）、牵牛（山牵牛）、熟地、将军（大黄）、打马（马鞭草）、常山。

其他经典药名对··

> 九死一生救阿斗
> 昭君出塞到番邦

一阵乳香母知至
半窗故纸防风来

白头翁牵牛耕熟地
女贞子打马过淮山

冬虫夏草九重皮
玉叶金花一条根

烦暑最宜淡竹叶
伤寒锋妙小柴胡

金银花小，香飘七八九里
梧桐子大，日服五六十丸

使君子花，朝白、午红、暮紫
虞美人草，春青、夏绿、秋黄

水莲花，半枝莲，金花照水莲
珍珠母，一粒珠，玉碗捧珍珠

红娘子身披石榴裙，头戴银花
比牡丹芍药胜五倍，从容贯众

到天竺寺降香，跪伏神前，求云母天仙
早遇宾郎

上金銮殿伏令，拜常山侯，封四前将军
立赐合欢

谜语对

谜语对将谜面化入楹联之中，在字面上造成一种意境，它追求韵律美，有节奏，有押韵，易上口，好记忆。虽实用性不及其他类联，但其娱乐性、趣味性却更强。

明月一钩云脚下
残花两瓣马蹄前

谜底：熊。

日落香残，免去凡心一点
炉熄火尽，务把意马牢栓

上联谜底：秃；下联谜底：驴。相传一和尚附庸风雅，某日，一才子来寺进香，和尚请才子题联，才子便题此联。和尚不知其意，扬扬得意悬挂此联许久，才被另一香客识破。

鲁肃遣子问路
阳明笑启东窗

上联谜底：敬请指导（鲁肃，字子敬）；下联谜底：欢迎光临（阳明：王阳明）。

白蛇过江，头顶一轮红日

青龙挂壁，身披万点金星

上联谜底：油灯；下联谜底：秤。

三光日月星

五脏脾肺肾

谜底：没心肝。

口中含玉确如玉

台下有心实无心

上联谜底：国；下联谜底：怠。

曾有傲骨随人转

犹有童心只自忙

谜底：不倒翁（玩具）。

你共人女边着子

怎知我门里添心

上联谜底：好；下联谜底：闷。

老马奋蹄驰千里

大鹏展翅腾九霄

人名谜，上联为元朝"马致远"，下联为当代作家"张天翼"。

曲率半径处处相等
摩擦系数点点为零
横批：越圆越滑

此联亦是经典谜联，谜底四个字正好做横批。曲率半径是一条曲线的各点的一个参数，曲线上点的曲率半径越接近，这条曲线就越接近于圆弧；如果处处相等，就完全是一个圆了。摩擦系数是一个物理概念，摩擦越小，表示一个平面越光滑。因此谜底是：越圆越滑。

秉公不偏三尺津
凿壁可偷一线光

三国人名谜：上联为"法正"，下联为"孔明"。

一桅白帆挂两片
三颗寒星映孤舟

字谜："患"。

最早逢人夸大
原来论价成交

字谜：上联为"一"，下联为"六"。

二汉心高能跨日
三人力大可骑天

字谜：上联为"替"，下联为"奏"。

集句对

集句对是一种特殊的创作手法。"集"在这里作"聚集""集合"解。它是从古今文人的诗词、赋文、碑帖、经典中分别选取两个有关联的句子，按照楹联中的声律、对仗、平仄等要求组成联句。既保留原文的词句，又要语言浑成，另出新意，给人一种"青出于蓝而胜于蓝"的艺术感染力。

夕阳无限好
高处不胜寒

清代瑞方集李商隐、苏东坡诗词，题于镇江焦山夕阳楼。

水木荣春晖，柳外东风花外雨
江山留胜迹，秦时明月汉时关

1984年，第三届迎春征联。在数以千万计的征联中，北京的俞松青女士技压群英，获得一等奖。她写的联集李白、张弘范、孟浩然、王昌龄诗句于一体。

水如碧玉山如黛
云想衣裳花想容

南京莫愁湖联，是集薛蕙、李白诗句而成的联。

六宫粉黛无颜色

万国衣冠拜冕旒

有人集白居易、王维诗句题于武则天庙。

不到长城非好汉

难酬蹈海亦英雄

用毛泽东词和周恩来诗句集成的联。不管是从音律上，还是从对仗上，都对得十分贴切、自然。而且感情贯通，浑然一体，只是"长"对"蹈"略显不工，然不失为奇绝之作。

望崦嵫而勿迫

恐鹈鴃之先鸣

鲁迅先生集屈原《离骚》成的联。"崦嵫"，指崦嵫山，神话中日落的地方；"鹈鴃"是一种鸟，杜鹃。其鸟叫时，天气将转冷。上联意思是说，太阳不要离崦嵫山太近；下联意思是说，恐怕"鹈鴃"过早地啼叫。两句意在激励人们珍惜时间，莫荒废了大好的青春时光。

风定花犹落

鸟鸣山更幽

王安石集释正觉、王籍诗句成的联。此联不仅对仗工整，白璧无瑕，而且语言风格相近，用词婉丽、清新，读之，有身临其境之感。

清风明月本无价
近水远山皆有情

　　这是梁章钜创作的集句联。上联系欧阳修句，下联系苏舜钦句。

众志成城，众擎易举
百花齐放，百家争鸣

　　郭沫若先生曾集一成语联题于北京琉璃厂文化街。此联不但为当句对，上下对仗亦工，联首字在小句中重复，给楹联造成一种工巧的效果，值得品味。

天意怜幽草
人间爱晚晴

　　此联为弘一法师李叔同所集。联中字句所对无偏，巧夺天工；又意境深美，佛性自见。

冬夜灯下，夏侯氏读《春秋传》
东门楼上，南京人唱《北西厢》

　　在这副楹联中，"春秋"交叉重叠共用，它一作"春夏秋冬"中的"春秋"，一作书名《春秋传》中的"春秋"；"北西"同理，一作方位中的"北西"，一作杂剧剧名《北西厢》中的"北西"，《北西厢》即《西厢记》，因后来李日华作《南西厢记》，便有人称王实甫所作为《北西厢》。

好语时见广
此身良自如

集苏轼诗句。

> 未曾一日闲
> 犹有五湖期

上联为白居易诗句，下联为李商隐诗句。

> 长歌白石涧
> 高卧北山云

上联为苏轼诗句，下联为刘应时诗句。

> 除却读书无所好
> 恍如造物与同游

上联为陆游诗句，下联为戴复古诗句。

> 甘棠城上客先醉
> 杜若洲边人未归

上联为许浑诗句，下联为赵嘏诗句。

> 梅花欢喜漫天雪
> 玉宇澄清万里埃

集毛泽东诗句。

> 江山如此多娇，飞雪迎春到
> 风景这边独好，心潮逐浪高

集毛泽东词句。

亭台楼阁联

亭台楼阁是中国古典建筑中常见景物，南方、北方皆多见，而其上面的对联、匾额更是形成中国文化的一道风景，供人玩味。

龙潭倒映十三峰，潜龙在天，飞龙在地
玉水纵横半里许，墨玉为体，苍玉为神

1963年，郭沫若为云南丽江新落成的黑龙潭"得月楼"撰写此楹联。丽江黑龙潭，水极清冽，潭中可见玉龙雪山十三峰之倒影。玉龙雪山之巅终年积雪，玉龙山形静，黑龙水流动，故有"潜龙""飞龙"之喻。联语刻画出玉龙山和黑龙潭的形态和特色，堪称佳作。

江户矢丹忱，感君首赞同盟会
轩亭洒碧血，愧我今招侠女魂

此联系浙江绍兴风雨亭联，是辛亥革命时期孙中山先生到秋瑾祠祭悼革命烈士秋瑾时所作的挽联。此联赞颂了秋瑾的爱国主义精神，并称其为"侠女"，感情真挚，同志之情溢于言表，可以称得上亭台楼阁联中的佼佼者。

大江东去
爽气西来

此联为江西滕王阁联。作者抓住滕王阁的自然特点，以最洗练的语言进行高度的概括，达到一种超然洒脱、大气磅礴的境界。一"东"一"西"，囊括了事物的独特情韵。犹如一副写意画，给人一种横空出世之感。

身居宝塔，眼望孔明，怨江围实难旅步
鸟处笼中，心思槽巢，恨关羽不得张飞

此联系四川内江三元塔楹联。"江围"谐"姜维"；"旅步"谐"吕布"；"槽巢"谐"曹操"，以上人名均为三国时主要人物。

雪里梅花红烂漫
霜间竹叶碧玲珑

此联系杭州梅竹亭联。联中"烂漫"对"玲珑"，属于联绵词相对。

狂到世人皆欲杀
醉来天子不能呼

这是安徽采石矶太白楼联。李白的一生，值得称赞的地方很多，但楹联的作者撷取典型的事例，利用短短的七字联，像漫画一样，略勾勒几笔，便将大诗人描绘到神情毕现的程度。

壶天日月开灵境
盘路风云入翠微

此联为泰山壶天阁联，不失为采用烘托法的难得妙笔，仅用十四个字，便把道家清净胜地的超凡脱俗之气烘托出来。

晚景自堪嗟落日，余晖凭添枫叶三分色
春光无限好生花，妙笔难写江天一色秋

此联系元朝赵孟题扬州迎月楼。坐北朝南的七间长楼，雄踞挺拔，气宇轩昂。

春风阆苑三千客
明月扬州第一楼

此联系湖南长沙岳麓爱晚亭联。上句以实处入题，下句以虚处落笔，一实一虚，江南胜景一览无余。

声驱千骑急
气卷万山来

这是钱塘江观潮亭联。联语以"千骑急""万山来"极力夸张潮势之汹涌，"潮"与"骑""山"虽无共同之处，但利用"千骑急"和"万山来"之气势来形容，则气势突现，令人震撼。

才子重文章，凭他二赋八诗，都争传苏东坡西游赤壁
英雄造时势，诗我三年两载，炎艳说湖

此系黄兴为苏东坡纪念馆二赋堂所撰写的楹联。联中顺次镶嵌着"苏东坡游赤壁""湖南客住黄州",古今对比,气势不凡。

兴废总关情,看落霞孤鹜,秋水长天,幸此地湖山无恙

古今才一瞬,问江上才人,阁中帝子,此当年风景何如

这是晚清湘军宿将刘坤一登临滕王阁时所作。联中化用《滕王阁序》中的"落霞与孤鹜齐飞,秋水共长天一色"的名句。

何时黄鹤重来,且自把金樽,看洲渚千年芳草

今日白云尚在,问谁吹玉笛,落江城五月梅花

此联系黄鹤楼联。全联借用鲁班筑黄鹤楼、吕祖吹箫跨鹤的民间传说,形象地描绘了黄鹤楼美丽、壮观的人文景观和自然景观。

走遍祖国大地，哪里有山水、胜景、园林，哪里就有对联，这已成为我国名胜古迹的一大特色。

> 世事如棋，一局争来千秋业
> 柔情似水，几时流尽六朝春

相传朱元璋和大臣徐达在南京莫愁湖下棋，徐达胜了，朱将莫愁湖赐给了他，并建了一栋"胜棋楼"，此为其中一联，亦以棋局喻世事：在人生旅途上，须一步一谨慎，时而奋起搏杀，才不枉此一生。

> 风风雨雨，暖暖寒寒，处处寻寻觅觅
> 莺莺燕燕，花花叶叶，卿卿暮暮朝朝

这是苏州网师园的一副叠字楹联，上联化用李清照词《声声慢》，使联语独具特色。全联从纵和横的角度描写了该园山重水复、鸟语花香的美景和游客流连忘返、恋人们卿卿我我的境况。

> 三竺六桥九溪十八涧
> 一茶四碟二粉五千文

郁达夫某年游杭州西湖，到茶亭进餐。面对近水遥山，雅兴大发，餐罢便轻吟上联，适逢主人报账曰：一茶四碟二粉五千文。郁达夫觉对得很妙，以为主人善对，经交谈，方知是巧合。三竺，指上天竺、中天竺、下天竺。六桥，指苏堤上有六座桥，即映波桥、锁澜桥、望山桥、压堤桥、东浦桥和跨虹桥。九溪十八涧，西湖区著名景点。因巧合与误会而成联是这副楹联的情趣所在。上联全为杭州山水，下联全为食单账目，两联数字对得尤其工整，实属难得。

香山满红叶，映霞云彩添海智

智海添彩云，霞映叶红满山香

此联描写北京秋天的香山红叶。回文往返咏读，顿觉秋意更浓，令人神往流连。

泉自几时冷起

峰从何处飞来

此联为明后期著名画家董其昌题杭州西湖飞来峰联。其以西湖景物"泉""峰"落笔，全盘提出疑问，询问泉是什么时候变冷的，峰是从什么地方飞来的。这种方式常给人以朦胧神秘的色彩，把答案留给读者，让人们自己去想象，从而产生无尽的悬念。

玉澜堂，玉兰蕾茂方逾栏，欲拦余览

清宴舫，清艳荷香引轻燕，情湮晴烟

《中国古今巧对妙联大观》载有此联。此联以妙用音同或音近的字取胜，将此联反复快读，即成绕口令。玉澜堂，在颐和园昆明湖畔，为当年光绪帝寝宫。清宴舫，一名石舫，在颐和园万寿山西麓岸边，为园中著名水上建筑。

游西湖，提锡壶，锡壶掉西湖，惜乎锡壶
寻进士，遇近视，近视中进士，尽是近视

　　上联"西湖"与"锡壶"两个截然不同的词却声韵相同。下联"进士""近视"亦然。作者采用了同音异词之妙，组装成联，使二词相互关联，读之上口，又别有情趣。

障南阻北
拔地分天

　　此联系古人为秦岭所题，仅用八个字，便把一个巍峨连绵三千里的秦岭活脱脱地展现在人们面前，真乃惜墨如金，恰到好处。"拔地分天"一句，一个"分"字格外传神，令人触目惊心，拍案称奇。

绿水本无忧，因风皱面
青山原不老，为雪白头

　　古人沈义甫八岁时，其师命对，出上联。沈对下联。后人常以此联指位于我国东北的长白山天池。

数声吹起湘江月
一枕招来巫峡云

　　此为长江三峡之巫峡联。上联暗中写笛，下联暗中写梦，意境幽远，令人心动。

万顷湖平长似镜

四时月好最宜秋

此联系杭州西湖平湖秋月处楹联。此联采用了嵌字手法，联句中在不同处散嵌"平湖秋月"四字。

水从碧玉环中去

人在苍龙背上行

此联系河北赵县赵州桥联。赵州桥建于隋朝，为工匠李春设计。上联完整的说法当为"水从碧玉环似的桥洞中流去"，下联完整的说法当为"人从苍龙背般的桥面上走过"。但这样很啰唆，直接用"碧玉环"取代"碧玉环似的桥洞"，用"苍龙背"取代"苍龙背般的桥面"，比喻犹在，语言却大为简练。

三千里外一条水

十二时中两度潮

吴越广顺初，有一次龙华禅寺僧人契盈陪吴越王游碧波亭，适逢黄浦江潮水初满，舟楫如云，于是吟出此联，时人称为佳对，便题到了碧波亭上。

斗鸡山上山鸡斗

龙隐洞中洞隐龙

桂林斗鸡山联。相传古时有一位秀才来此地游玩，得此上联，却怎么也对不出下联来。正当他苦思冥想之时，忽然来了一位白发长者，秀才对长者说出内心的苦衷。长者说："你的上联是回音对，正读反念，其音其义都是一样。"秀才问长者可有佳对，长者说："我刚才游了龙隐洞，何不以此来对！"说罢，念出下联。

乌须铁爪紫金龙，驾祥云出碧波洞口
赤耳银牙白玉兔，望明月卧青草池中

清康熙年间，江南主考周起渭在游碧波洞时题此联。此联以颜色见趣，上联含乌、紫、碧三色，下联则以赤、白、青三色对之；又嵌"紫金龙""碧波洞""白玉兔""青草池"之名，颜色鲜艳，情趣盎然。

西南云气来衡岳
日夜江声下洞庭

这是一副岳麓山顶望江亭上黄道让写的对联。

墓祠庙宇联

墓祠庙宇联，大多属哀挽类，用以缅怀古人，启迪后人，弘扬正义，鞭挞邪恶。也有的是以讽刺的笔法鞭挞奸人，写得入木三分，读后畅快淋漓。

一色水天秋，却难洗三字污秽

双清风月夜，正好分两世精忠

此亦为杭州岳飞墓联。"三字污秽"即是"莫须有"，"两世精忠"即指岳飞、岳云父子。

人从宋后无名桧

我到坟前愧姓秦

此联亦为杭州岳飞墓前联。"无名桧"有说为"羞名桧"，还有作"少名桧"者。

咳！仆本丧心，有贤妻何至如是

唉！妇虽长舌，非老贼不至今朝

杭州岳飞墓前联，系清道光年间阮元所题，形象地表现了秦桧和其妻王氏这对奸贼互相埋怨的情绪，刻画入微，惟妙惟肖。

常德德山山有德

长沙沙水水无沙

此联题于长沙白沙井附近的龙王庙。词与词连珠比较特殊，是在一句话内进行的，《文镜秘府·论对》谓之"连绵"。上联只能读作"常德——德山——山有德"。下联只能读作"长沙——沙水——水无沙"。

红拂有灵应惜我
青山何幸此埋香

此系湖南醴陵红拂墓联。红拂，原为隋朝宰相杨素侍姬，钟情于反隋名将李靖，随李靖于军中，后病逝于醴陵。下联的"香"在古时多喻妇女所用饰品，故古诗文中常借称为妇女，此处代称红拂。

海水朝朝朝朝朝朝朝落
浮云长长长长长长长消

此联系山海关孟姜女庙联。这副联语上联连用七个"朝"字，下联连用七个"长"字，如果不懂读法，很难理解联意。对该联的读法有许多种，但公认的是以下两种："海水潮，朝朝潮，朝潮朝落；浮云涨，长长涨，长涨长消。""海水潮，朝潮朝潮，朝朝落；浮云涨，长涨长涨，长长消。"如此一读，其景自现。

心在朝廷，原无分先主后主
名高天下，何必辨襄阳南阳

此联系清代在河南南阳做知府的湖北襄阳人顾嘉蘅为武侯祠题写的。因诸葛亮名高天下，两省便争诸葛亮故居之处所，顾嘉蘅不敢开罪当地豪绅，又怕承当出卖桑梓之名，便撰此妙联，既赞诸葛亮，又抹平两省争执，可谓公允。

顾曲有闲情，不碍破曹真事业

饮醇原雅量，偏嫌生亮并英雄

此联系安徽省合肥市周瑜墓联。上联是说周瑜不但有熟通音律的才华，更有卓绝的军事才能和政治手腕，以佐孙权破曹。当时吴国流传"曲有误，周郎顾"的民谣。下联是说周瑜过于好胜，心地狭窄，最后被诸葛亮三气而死。这里以饮醇酒而喻处世，说明有雅量方能成大事的道理。

松声竹声钟磬声，声声自在
山色水色烟霞色，色色皆空

这是吴忠礼题南京弘济寺的一副楹联。作者在创作中将复字法和叠字法重复使用，上联突出一"声"字，下联突出一"色"字，既是写景，又是写情，楹联虽短而寓意深刻，与浙江天台县方广寺"风声水声虫声鸟声梵呗声，总和三百六十击钟鼓声，无声不寂；月色山色草色树色云霞色，更兼四万八千丈峰峦色，有色皆空"的长联有异曲同工之妙。

功在睢阳，昔尚咬牙思啖贼
荫垂螯水，今犹挽手欲回澜

此联系江西吉安文天祥纪念馆联。文天祥为宋末抗元名臣。楹联中，功在睢阳，谓功可同张睢阳相比。张睢阳即张巡，安史之乱中，由河南雍丘移守睢阳，内无粮草外无援兵，坚持数月不屈，后城破被俘，咬碎牙齿骂贼而死。

数点梅花亡国泪

二分明月故臣心

此联系清代诗人张尔荩为史可法衣冠冢题联，史可法为明末抗清明将。借古联"天下三分明月夜，二分无赖在扬州"之语。联中虚实结合，以衣冠冢周围可以看得到的梅花和扬州特有的明月为实写，进一步将其比拟为史可法宁死不屈的爱国主义精神和壮烈殉国的忠肝义胆。

铁板铜琶，继东坡高唱大江东去

美芹悲黍，冀南宋莫随鸿雁南飞

此系济南辛弃疾祠联，相传为郭沫若题。其中，"铁板铜琶""美芹""悲黍"等，分别出自《吹剑续录》《列子·杨朱》《诗经·国风·王风》之中典故，以此来评述了辛弃疾词的豪放，赞扬了辛弃疾爱国之心。

新松恨不高千尺

恶竹应须斩万竿

这是陈毅同志为杜甫草堂所撰楹联，乃集杜甫诗句而成。

万竿逸气争栖凤

一夜凌云看箨花

这是晋祠同乐亭的一副对联。作者为明清之际著名的志士仁人傅山——傅青主。傅山能诗善画，擅长医术，而且为了反清事业奔走呼号。这副对联就是他到晋祠时所写，气势非凡，表现出他的雄伟气魄。

一百八记钟声，唤起万家春梦
二十四番花信，吹香七里山塘

据梁章钜《楹联丛话》记载，这是虎丘神庙的一副名联。按照佛教的说法，人生的烦恼共有一百零八种，为了去除这些烦恼，所以要敲一百零八声钟。而"二十四番风信"就是"花信风"。古人认为风应花期而来：二十四候（古代以五日为一候，三候为一节气。每年从小寒到谷雨这八个节气里共二十四候），每候应一花信。

写鬼写妖，高人一等
刺贪刺虐，入骨三分

此联系郭沫若为蒲松龄故居题联，一方面赞誉了《聊斋志异》的妙笔，另一方面又歌颂了蒲松龄的为人，评价得体，议论得法，颇为周到。

浮沉宦海为鸥鸟
生死书丛似蠹鱼

此为纪晓岚生前自撰墓祠联。上联写自己的从政经历，下联写自己的治学生涯。

其身世系中夏存亡，千秋享庙，死重泰

山，当时乃蒙大难

闻鼙鼓思东辽将帅，一夫当关，隐居敌
国，何处更得先生

此系北京龙潭湖公园内明末民族英雄袁崇焕的墓祠联，
为康有为所书。袁崇焕是明末名将，抗清英雄。清军因无法
对付，设下反间计，说袁崇焕私通清军。多疑的崇祯帝信以
为真，杀害了忠心为国的袁崇焕。

厅堂联

厅堂联常用于大门、内门、后门、中堂等处，它属装饰
联的一种，以装饰环境、烘托气氛。联语多以祈祝祥瑞、借
物抒情、规范品德、激励功业、闲情逸致等内容为多。因厅堂
联用的时间较长，所以写作这类联时不宜趋时，要具有概括
性和说理性，应体现出主人的性格特点。

勤能补拙
俭可助廉

事理通达
心气和平

一轮明月　　　　　　云卷千峰色
四壁清风　　　　　　泉和万籁声

清风挺松柏　　　　　江山开眼界
逸气上烟霞　　　　　风雪炼精神

为人尚正直　　　　　博览增见识
处事贵公平　　　　　广交得观摩

海为龙世界　　　　　勤乃摇钱树
天是鹤家乡　　　　　俭是聚宝盆

云卷千峰集　　　　　劳动传家久
风驰万壑开　　　　　勤俭继世长

千流归大海　　　　　竹雨松风梧月
高路入云端　　　　　茶烟琴韵书声
雅量涵高远　　　　　铁石梅花气概
清言见古今　　　　　山川香草风流

高怀同霁月　　　　　野树穿花月在涧
雅量洽春风　　　　　清风拂座竹环门

随时尽录古今事　　　莫放春秋佳日过
尽日放怀天地间　　　最难风雨故人来

梨云满地不见月　　　修身岂为名传世
松涛半山疑为风　　　作事惟思利及人

广庭有露桂花湿　　　一人知己亦已足
空山无风松子香　　　此生自修无尽朋

栽竹尽成双凤尾　　　无欲常教心似水
种松皆作老龙鳞　　　有言自觉气如霜

松窗翠绕凌云久　　　怀若竹虚临江水
兰畹香清得露多　　　气同兰静在春风

风度鹤声闻远谷　　　欲论古来兴废事
山横雨色卷浮岚　　　须平自己是非心
鱼龙寂寞秋江冷　　　不求金玉重重贵
碧水春风野外春　　　但愿子孙个个贤

清风无私雅自爱　　　能受苦方为志士
修竹有节长呼君　　　肯吃亏不是痴人

诸葛一生帷谨慎　　　　劳动致富光景好
吕端大事不糊涂　　　　勤俭持家幸福长

流水断桥芳草路　　　　新得园林种树法
淡云微雨养花天　　　　喜闻子弟读书声

好山入座清如洗　　　　祥云浮紫阁
嘉树当窗翠欲流　　　　喜气溢朱门

为爱鸟声多种树　　　　东风开画栋
因留花气久垂帘　　　　旭日映华堂

一帘花影云拖地　　　　借得山川秀
半户书声月在天　　　　添来气象新

一庭花影三更月　　　　旭日临门早
千里松阴百道泉　　　　春风及第先
敬老尊贤道德好　　　　莺迁乃故里
爱少惜才风尚新　　　　燕贺即新居

富强由勤俭做起　　　　燕报重门喜
幸福从奋斗得来　　　　莺歌大地春

静与鱼读月
笑对鸟谈天

兰泾香风满
松窗夜月圆

帘短能留月
楼高不碍云

春风迎绿树
山色上红楼

阳和辉大地
瑞气霭重门

留云笼竹叶
邀月伴梅花

五云蟠吉地
三瑞映华门

猛志逸四海
骞翮思远翥

芳室芝兰茂
春风桃李新

花逢微雨好
人背夕阳红

远水碧千里
夕阳红半楼
远山花作伴
近岸柳为城

墨香飘千里
书翰遍万家
竹粉有新意
松风含古姿

眼中沧海小
衣上白云多

禽乐花如雨
鱼游水底天

池塘生春草　　　石险天貌分
园柳变鸣禽　　　林交日容缺

晚霜枫叶丹　　　汀洲千里芳
夕曛岚气阴　　　朝云万里色

春照绿野秀　　　月下飞天镜
岩高白云屯　　　云生结海楼
鱼戏新荷动
鸟散余花落

野润烟光淡
沙暄月色曛

书斋联

文人墨客喜欢在自己的书房悬挂一副对联，或以自勉，或以抒情，或以明志，这种联称为书斋联。书斋联多以文采见长，能展示主人的个性、志趣、追求，在内容上与厅堂联有所区别。

礼门义路　　　　　文以虎气
智水仁山　　　　　志在鹏飞

庭荣松柏　　　　　山林作伴
阶茂芝兰　　　　　风月相知

老当益壮　　　　　竹无俗韵
乐以忘忧　　　　　梅有馀香

和风朗日　　　　　春观鱼变
让水廉泉　　　　　秋听鹿鸣

天高地厚　　　　　芦中人出
路转峰回　　　　　河上公来

吟哦出新意　　善积家方庆
坦率见真情　　心闲体自舒

著书惊日短　　醉歌田舍酒
看剑引杯长　　笑读古人书

德成言乃立　　栽培心上地
义在利斯长　　涵养性中天

情可不言喻　　适意琴三弄
文斯后世知　　抒怀酒一杯

静坐当思过　　绣户祥光满
闲谈莫论非　　纱窗曙色新

农事闲人说　　床上书连屋
山光见鸟情　　阶前树拂云

性天期活泼
心地尚光明

公共事业机构联

公共事业是国计民生的根本。公共事业机构多数是非营利性的甚至接受国家补贴，个别盈利的也是在政府的宏观调控下进行定价。他们采用的对联能体现行业特点，展现自己的特色、风貌，同时体现服务于大众的精神。

电信局用联

朝发而夕至
此感则波通

消息从天降
音书逐电来

万里远牵乡国梦
一丝长系故人情

巧把金针来度世
还烦玉女暗传笺

电力公司用联 ....

闪影同天笑
流光夺月辉

光耀九霄能夺目
辉腾一室胜悬殊

彻夜金吾原不禁
多情玉女笑无言

照春江花不遗纤悉
借丰隆镜普放光明

铁路公司用联 ....

积聚九州铁
开通万里程

道辟康庄无注不利
车同轨辙到处咸宜

有车辚辚朝发夕至
证途仆仆送注迎来

攘往熙来长途无阻
风驰电掣缩地有方

驾水穿山纵横万里
过都越国联络四方

邮局用联..

春风劳驿使
芳信寄游人

渭水天长吟远树
江南春早寄寒梅

一纸音书传万里
四方消息送千家

出版社用联..

图书腾风采
声价重鸡林

文坛多异彩
艺苑有奇葩

丹心创伟业　　　　书林含馥郁
妙笔写春秋　　　　艺海贮英华

艺苑花开日　　　　大块能相假
英才辈出时　　　　名山不独藏

花香延四季　　　　翰墨图书皆风采
人乐游千山　　　　注来谈笑有鸿儒

洞察古今情　　　　远求海内单行本
愧无大手笔　　　　快读人间未见书

书 目